平井骸惚
此中ニ
有リ
其貳

平井骸惚《ひらいがいこつ》
《唯一無二の真実》なんてものは、
多分、この世には存在しないよ
大正十二年、夏。
うるさいほどの蝉時雨の中、
事件は幕を開ける——

つまらないことなんかじゃないのよ、
重要なことなの！
涼◆すず
河上太一◆かわかみたいち
すぐに小生が解決してみせるからね

「兄様……。撥子、怖いです」
これほどまでに頼られれば、
河上君とてもそれなりの
《男気》を見せたくなるようでもございまして

平《ヒラ》井《イ》骸惚《ガイコツ》此中《コノナカ》ニ有《ア》リ　其貳《ソノニ》

田代裕彦

富士見ミステリー文庫

FM55-2
152

口絵・本文イラスト　睦月ムンク
口絵デザイン　朝倉哲也

目次

序章

名前を呼《よ》ばれた気がして、私は立ち止まった。

振《ふ》り返ると、学生服姿《すがた》の少年が悠然《ゆうぜん》と——人を呼び止めておきながらも悠然と、歩み寄《よ》ってくる。

「——何か用？」

私はできるだけ素《そ》っ気《け》なくそう言って、再《ふたた》び歩き出した。

するとコイツは私と歩調を合わせて歩きながらも、臆面《おくめん》もなくこう言ったのだ。

「そう邪険《じゃけん》にすることもないだろ。俺《おれ》と君の仲じゃあないか」

一体、どんな仲だ。

こんな台詞《せりふ》を平然と言ってのけるコイツの神経《しんけい》が理解《りかい》できない。

コイツと私は幼《おさな》なじみだ。それも、小学校入学以来、十年以上疎遠《そえん》だった相手を幼なじみと呼べるならば、の話だ。

それ以上でも以下でもない。当然、友人でもない。

私があからさまに迷惑《めいわく》そうな顔をしてやったのに、コイツは素知《そし》らぬ素振《そぶ》りで言葉を続ける。

「――そろそろ、新作を仕入れてきた頃《ころ》じゃあないかと思ってね」

「……新作って？」

コイツの言う意味を分かってはいたが、敢《あ》えて私はそう聞き返した。

「自分で分かっているのに聞き返すのは、君の悪い癖《くせ》だね」

すると、コイツはそんなことを言い出すのだ。

少し頭にきたので、私は無視《むし》を決め込《こ》むと、再び歩き出す。

コイツは小さく溜息《ためいき》を吐《つ》くと、私の横に並《なら》んできた。

「探偵《たんてい》作家の話だよ。君の祖父《じい》さんだか、ひい祖父さんだかの」

「――正確《せいかく》には、ひいひいお祖父さん」

無視をしていればよかったのだろうが、ついつい私は間違《まちが》いを訂正《ていせい》してしまった。

コイツは満面に笑《え》みを浮《う》かべて、

「そう、それだよ」

と、頷《うなず》き返した。

「また、行ってきたんだろう？　あの人のところへさ」

確《たし》かに私はあの人のところへ行ってきた。そして、コイツが望むような話も聞いてきた。

正直に言えば、私はあの人の話を誰《だれ》かに話したくて仕方がなかったのだ。

ファンの心境《しんきょう》、というやつだろうか。

だから、以前にもコイツにあの人の話をしてしまった。

……多分、またしてしまうだろう。

なんとなく、そう思ってしまったので、私は諦《あきら》めた。

諦めたが、ただで教えてやるのも癪《しゃく》だから、私は近くのファーストフード店に、物も言わず足を踏《ふ》み入れた。

コイツの察しの良いところは、はっきり言ってあまり好きではなかったが、こういう時には有り難《がた》い。心得たもので、

「——何にする？」

と、聞いてきた。私は適当《てきとう》に注文を口にすると、そのままコイツを待つこともなく、席へと向かう。

買い物を済《す》ませたコイツは、テーブルにトレーを置きつつ、私の真正面の席に座《すわ》った。そしてコイツはにっこりと、憎《にく》らしいことに結構魅力《けっこうみりょく》的な笑顔《えがお》を私に向ける。

「さあ、早く話してくれよ」

《……何のこと？》と聞き返してやろうかとも思ったが、あまりにも大人気《おとなげ》ないかと、止《や》めておいた。

私はあの人の真似《まね》をして、一度目を瞑《つむ》り、物思いに耽《ふけ》る——ような顔をする。

そして、あの人の話を正確に、出来るだけ正確に思い出そうとした。

一章　平井《ヒライ》一家《イッカ》、避暑《ヒショ》ニ舞《マ》フ

『曰下《くさか》子爵《ししやく》死去す』

永《なが》らく病床《びようしよう》に有《あ》り、其《そ》の囘復《かいふく》が待たれてゐた曰下《くさか》直宏《なおひろ》子爵《ししやく》が、去る七月十日に死去した。今月五日に腸出血《ちようしゆつけつ》を起《おこ》し、更《さら》に氣管支炎《きかんしえん》、肺炎《はいえん》をも併發《へいはつ》して容態《ようだい》極《きわ》まり遂《つい》に昨十日午後七時三十分、些《いささか》の苦痛《くつう》をも訴《うつた》へず、武揚《たけあき》、俊幸《としゆき》、和道《かずみち》等の令息、親類に見護《みまも》られつゝ眠《ねむ》るが如《ごと》く往生《おうじよう》を遂《と》げた。


（大正十二年七月十一日付『東京日報新聞』ヨリ抜粋）


ミンミンミンミン、蟬《せみ》が鳴き。

じりじりじりりと、蟬が鳴く。

まったくもって煩《うるさ》い声で。まったくもって暑苦しい声で。

日差しはさんさん、空気はねっとり。

おまけに風もぴたりと止《や》んで。

家々の軒先《のきさき》に吊《つる》された風鈴《ふうりん》も、ちりんどころかぴくりもせずに、《猛暑《もうしよ》》を演出《えんしゆつ》しておりまして。

夏も深まるこの季節。せめて、煩い蝉さえいなければ、もう少し過《す》ごし易《やす》いのではなかろうか、と願ってしまう今日この頃《ごろ》ではございますが。

そんな日中、昼下がり。

東京外れの坂の町。坂を上って雑木《ぞうき》の林。林の前に建てられたるは、玄関脇《げんかんわき》に洋間を持った日本家屋。大正流行《このころはやり》の文化住宅《じゅうたく》。掛《か》かる表札『平井』の字。

その家のお茶の間、八畳《じょう》にて、大口開けて舌《した》をだらりで、なんともみっともない姿《すがた》を晒《さら》している青年が居《お》りまして。姓《せい》は河上《かわかみ》、名を太一《たいち》。

この彼氏、学術《がくじゅつ》機関最高峰《さいこうほう》たる、東京帝國大學《ていこくだいがく》の学生ではございますが。実年齢《とし》は十九ながらも、その実十五にすら見えるという、極《きわ》めつけての童顔《わらべがお》。背丈《せたけ》は五尺《しゃく》（約一五二センチ）で、うろうろチョロチョロする様《さま》は、恰《あたか》も子犬の体《てい》。襯衣《シャツ》に着物の袴姿《はかますがた》、帝大生とはとても思えぬ書生ッぽ。

「あ〜、暑いなァ。いや、まったく暑い。ホントに暑い。それにしたって、暑いヨ」

誰に言うでもなく、ブツブツと。口から出る言葉は、何につけても《暑い、暑い》の河上君でございまして。

「う・る・さぁ〜いっ！」

そんな彼氏を叱《しか》りつける怒鳴《どな》り声。

声の主《あるじ》は、平井家の上のご令嬢《れいじょう》の涼嬢《すずじょう》で。

ぱっちり二重《ふたえ》の大きな瞳《ひとみ》。ふっくら丸顔、美少女で。大きなリボンが揺《ゆ》れるは、束髪《そくはつ》くずしのお下げ髪。

「先刻《さっき》から聞いてれば、なによっ！《暑い、暑い》って。少しは我慢《がまん》しようとは思わないの!?」

「いやァ、しかし、こう暑いとだねェ、何かして気でも紛《まぎ》らわせていないとやってられないョ」

「そうやって暑いってばっかり言ってるから、余計《よけい》に暑く感じるんじゃないの？《心頭滅却《めっきゃく》すれば火もまた涼《すず》し》って言うじゃないの」

「高校の教授《きょうじゅ》みたいなことを言わないでくれョ。心頭滅却ッて言ってもだねェ――」

相も変わらず、性懲《しょうこ》りもなし。いつもの如《ごと》くに、とめどなく。

いつまで続くのやらと思われた河上君と涼嬢の舌戦《ぜっせん》ではございましたが。

「はいはい。そこまでだ――」

横手から差し挟《はさ》まれる一声は、この家の主の一声で。

勿論《もちろん》、涼嬢のご父君《ふくん》で。勿論、河上君の師匠《せんせい》で。

――その名も平井骸惚《がいこつ》。

大見得《おおみえ》切ってご登場――かと思いきや、此度《こたび》の骸惚先生、チョイトばかりにだらけ気味。

六尺（約一八二センチ）の長身を、日陰《ひかげ》に埋《うず》めて縮《ちぢ》こまらせて。濃紺《のうこん》、飛白《かすり》の単衣《ひとえ》をだらりとはだけて、枯《か》れ木のような体軀《たいく》を団扇《うちわ》で仰《あお》ぎ、という有様でございまして。

それでも視線《しせん》だけは、鋭《するど》く厳《きび》しくて。

「いい加減《かげん》、君たちも《矛《ほこ》の収《おさ》め時》というものを考えたらどうだい？　毎回、わざわざ止めに入る僕《ぼく》の身にもなって欲《ほ》しいものだよ」

「な……、何も、父様《とうさま》に止めて欲しいだなんて言ってないじゃない」

「そ、そうですョ。わざわざ骸惚先生に仲裁《ちゅうさい》に入って頂《いただ》くほどのことじゃァないと思うンですが」

「だが、それでは君らは言い争いを収めることができないだろう。《売り言葉に買い言葉》、ということだってあるしねえ、それで変に仲がこじれるようなことになったら、君らだって困《こま》るのじゃあないか？」

「な——⁉　な、なな、何も困ることなんてないわよ！」

心中でどう思っているかは兎《と》も角《かく》として、口に出してはそう言う涼嬢に、溜息《ためいき》一つの骸惚先生。

「やれやれ。素直《すなお》じゃあないね。まあ、いいさ。——それから、僕はどちらかと言えば河上君の意見に賛成《さんせい》だね」

「……？　は？」

突然《とつぜん》、話の方向転換《てんかん》。骸惚先生の仰《おつしや》る意味が分からずに、キョトンとした顔付きとなる河上君と涼嬢でございまして。

そんな二人のご様子を知っているのか、知らぬのか。意に介《かい》さずとばかりに言葉を続ける骸惚先生。

「――心頭滅却しようが、暑いものは暑い。そして、暑さを紛らわすために何をしようと個人《こじん》の自由ということさ。河上君のように《暑い、暑い》と口にしていようが、涼のように大声で怒鳴るのもいいだろうさ」

「ちょっと父様。わたしは、別に暑さを紛らわすために大声をあげていたんじゃないわよ」

「……そうかい？」

抗議《こうぎ》の声をあげる涼嬢に対して、ジロリ半眼《はんがん》で睨《にら》む骸惚先生。思わず、《うっ……》と半歩後退《あとずさ》る涼嬢でございまして。それでも言葉だけは、どうにか強気で。

「そ、そうよ。決まってるじゃない」

「――まあ、そんなことはどうでもいいんだよ。つまり、僕が言いたいのは、人にはそれぞれ仕様《しよう》というものがあって、この場合、僕は陽《ひ》の射《さ》さない場所でのんびり静かに涼みたい、ということなんだがね」

「あの……、それはつまり、小生らが邪魔《じやま》だ、と。そういう意味なンでしょうか？」

「ああ、河上君。君もずいぶんと察しが良くなってきたじゃあないか。その通りだよ」

白々しくも骸惚先生、拍手《はくしゅ》なんぞを打ち鳴らし。

「君たちが何処《どこ》で何をしようと構《かま》わないが、僕は今日、陽《ひ》が落ちるまでは、ここでだらだらしているると心に決めているのだ。その邪魔をして欲しくはないんだよ」

ちッとも自慢にもならないことを堂々と口にする骸惚先生でございまして。

「——情《なさ》けない」

そんな骸惚先生に不満の声を漏らすのは、骸惚先生の恐《おそ》れる——もとい、愛する奥方《おくがた》、澄夫《すみ》人。麗《うるわ》しの美貌《びぼう》も歪《ゆが》ませて。

「余《あま》りにも情けのないお言葉だとはお思いになりませんか、旦那様《だんな》。世の中には、この暑い日中に額《ひたい》に汗《あせ》して働いておられる方々だとて、大勢《おおぜい》いらっしゃるというのに……。然《しか》るに、あなたのその態度《たいど》。世間の皆々様《みなみなさま》に申し訳《わけ》がないとはお思いにはならないのですか？」

「待て。待ちたまえ。まるで僕が仕事をしないような口振《くちぶ》りはやめてくれ。日中はしない、と言っているだけだ。そうしても構わない職業《しょくぎょう》についているのだから、非難《ひなん》を受けるいわれはないぜ」

「ええ。もし本当に、旦那様が夕刻《ゆうこく》になれば仕事をお始めになるのでしたら、わたくしも何も申し上げたり致《いた》しませんわ」

「……亭主《ていしゅ》を信用しないのか？」

「この件《けん》に関しては、裏切《うらぎ》られたことが一度や二度ではございませんから」

「あのな――」

突如《とつじょ》として始まった、平井のご夫婦《ふうふ》の舌戦に、目を白黒、気勢《きせい》を削《そ》がれたといった体《てい》なのは河上君と涼嬢で。

二人で顔を見合わせて、二人で一緒《いっしょ》に肩竦《かたすく》め。

「え、え～ッと……」

「わたしたち、なんで喧嘩《けんか》してたんだっけ……？」

「喧嘩はしてなかったと思うンだけど……」

「そうだっけ？……そうかもね、うん。そうだわ」

顔を合わせて、あははと笑って、一件《いっけん》落着。

と言った感じではございましたが、どことなく、ぎこちない空気が流れたりもするものでございまして。

「あ～……。そうだ、涼さん」

「え――!? な、なに？」

「この暑い最中《さなか》に、喧嘩でもしてもつまらないし、外に甘《あま》いものでも食べに行かないかい？ 残念ながら、銀座で氷菓子《アイスクリーム》というわけにもいかないけどね。――甘味処《かんみどころ》にでも」

夏の定番、暑さのお供《とも》。氷菓子《アイスクリーム》が初めて本邦《ほんぽう》で販売《はんばい》されたのが、明治の二年、横濱《よこはま》で『アイスクリン』の名において。明治三十五年には、銀座資生堂《しせいどう》でも売り出され、文豪《ぶんごう》小説に度々《たびたび》登場するなど、銀座の代名詞《だいめいし》。大正の半ばになると工業化に従《したが》って、大衆化《たいしゅうか》も進んではおりましたが。

未《いま》だまだお高《たか》価いお菓子《かし》。貧乏《びんぼう》書生の河上君に手がでるものでもございませんで。

そんな些細《ささい》なものながら、この提案《ていあん》にひどく動揺《あわて》た涼嬢で。

「え？　ええっ⁉　――ほ、本当に？」

顔を真っ赤にしているところを見ると、《逢《あ》い引き》《ランデヴー》というような言葉が頭の中《なか》を飛び交《か》っているのかもしれません。

初心《ウブ》な少女と笑う勿れ。こう見えても、涼嬢も大正時代《この》の乙女《おとめ》なのでございます。

「嘘《うそ》なんか吐《つ》くもンか。――溌子《はっこ》ちゃんも誘《さそ》ってさ」

「は？　溌子――？」

なにか、とても意外な名前を聞いてしまったような涼嬢で。とは申しても、それはあまりに溌子嬢がお可哀想《かわいそう》で。

涼嬢の妹君。平井家の下のご令嬢《れいじょう》。溌子嬢は、生来あまり体が丈夫《じょうぶ》でなく、この頃《ごろ》もどこか夏バテ気味。

思いやった河上君の言葉ではございましたが。

「そ、そうよね。溌子も連れて行ってあげないとね。あははは……そうよね」

溌子嬢を迎《むか》えに行く足取りも、些《いささ》か重く肩落《かたお》としがち。笑う声も虚《うつ》ろ気味。

そんな涼嬢の様子を、訳が分からないと言った風に小首を傾《かし》げて眺《なが》めている、つくづく鈍《ニブ》い河上君でございまして。

と、そんな折。

「――御免下《ごめんくだ》さい」

玄関先《げんかんさき》から響《ひび》いてくる一声が。

玄関に降《お》り立ち河上君。戸を開いて見てみれば。

「――アラ、河上サン。ごきげんよう」

「や！　これは、香月《こうづき》さん」

平井家へのご来客は、月輪堂出版社《がちりんどうしゅっぱんしゃ》の雑誌《ざっし》記者、『變態犯罪《へんたいはんざい》』誌の編集者《へんしゅうしゃ》、香月緋音《あかね》嬢でございまして。

相も変わらず、寶塚《たからづか》少女歌劇団《かげきだん》も斯《か》くやと言わんばかりの男装《だんそう》で。化粧《けしょう》ッけどころか、飾《かざ》りッけ一つも見当らないのに、溢《あふ》れる色香《いろか》も相変わらず、といった具合で。

「骸惚先生はご在宅《ざいたく》ですか？」

「ええ。――少々お待ち頂《いただ》けますか」

河上君が踵《きびす》を返すとほぼ同時に、ぴしゃりと襖《ふすま》の開け放たれる音。

八畳《じょう》、お茶の間からすっと骸惚先生の長身が覗《のぞ》きまして。

「あ、骸惚先生。今、香月さんが――」

「聞こえていたよ。だからこうして出てきたのじゃあないか」

とは申していても、その実、澄夫人にお茶の間から追い出されたなどとは、とてもではありませんが、口に出せたものでもなく。

「しかしねえ、『變態犯罪』には先月載《の》せたばかりじゃあないか。催促《さいそく》されるような仕事は受けていないと思うのだがね。——第一、あの記事はなんだい。なにが《不可解《ふかかい》な謎を解《と》きほぐす探偵《たんてい》作家の大活躍《だいかつやく》》だよ」

骸惚先生の仰《おつしや》っているのは、『變態犯罪』誌の先月……即《すなわ》ち、六月號《ごう》のことでございまして。その頃、世間を騒《さわ》がせていた、とある殺人事件の真相を骸惚先生が見事に解決されまして。それを『變態犯罪』誌が大々的に取り上げたものでございます。

……尤《もっと》も、事件の真相はそれ以前に他誌でも発表されていたものなので、《独占《どくせん》スクウプ》とはなり得ませんでしたが。

違《ちが》いが見えるのは、骸惚先生のお名前が見受けられるか否《いな》かという点で。

どうにも骸惚先生、それを快《こころよ》く思っていらっしゃらないようでございまして。

「で、ですが、骸惚先生。お名前が売れたンですから、良かったンじゃァないですか？」

執《と》り成すように河上君。ところが骸惚先生、不機嫌《ふきげん》さを隠《かく》そうともせず。

「僕は功名《こうみょう》のために探偵小説を書いているんじゃあない——などと、気取るつもりもないがね。それにしたって、売りようってものがある。あの記事の後、僕は知己《しりあい》の探偵作家に、《君は探偵作家ではなくて、探偵で作家だったのだなあ》などと言われているんだぜ」

「申し訳《わけ》ございません、骸惚先生――」

本当に済《す》まなく思ってらっしゃるのか緋音嬢。深々大きくお辞儀《じぎ》して。

「編集長の黄城《おうぎ》がどうしても、と言うモンですから……」

「やれやれ。黄城さんにも困《こま》ったもんだ。まあ、その件《けん》はもういいさ。済んだことだしね。

――それで、今日は一体、何の用事だい？　仕事の依頼《いらい》なら歓迎《かんげい》だが、急なのは困るよ」

「それなのですが……」

一瞬《いっしゅん》、言い淀《よど》んで緋音嬢。

ぱっと、笑顔《えがお》を振《ふ》り向けますと。

「――避暑《ひしょ》に参りませンか？」

「避暑――？　避暑とは何だね」

「イヤですワ、骸惚先生。避暑とは――」

にこやかに口を開いた緋音嬢を、突然《とつぜん》、片手《かたて》を挙げて制《せい》したのは骸惚先生。

「待った。《避暑とは涼《すず》しい地に転地して夏の暑さをさけることだ》なんて言い出したら、僕は君との話を切り上げるからな。そういうつまらない冗談《じょうだん》に付き合う気分じゃあないんだ」

「な――？　そ、そんなことは申しませんワ。ええ、申しませんとも」

とは言っていても、笑顔が一瞬、凍《こお》り付いたところを見れば、実は図星で。

そんな緋音嬢にジトリ半眼《はんがん》を向けてはいたものの、

「まあ、立ち話というわけにもいくまい。とりあえずあがりたまえ」

応接《おうせつ》の洋間に案内する骸惚先生でございまして。

ことの成り行きについて行けずに、応接室に姿《すがた》を消してゆくお二人方《ふたかた》の姿を呆然《ぼうぜん》と眺めていた河上君が、我《われ》に返ったのは、涼嬢の声。

「――お客さん？」

振り向けば、潑子嬢の幼《おさな》い手を引く、涼嬢が首を傾《かし》げておいでで。

「あ――、ああ。香月さんだよ」

「緋音さん？　じゃあ、父様にお仕事のお話ね。――それよりも、早く行きましょうよ」

「え……？　あ、ああ。そうだね」

骸惚先生と緋音嬢のお話の内容《ないよう》が気にはなるものの、期待に満ちた瞳《ひとみ》でニコニコと河上君を見つめる涼嬢と潑子嬢のお二人方《ふたかた》を前にしましては、今更《いまさら》、とりやめにしよう、なんぞとは口が裂《さ》けても言えない、小心者の河上君でございました。

＊

骸惚先生から、一家で避暑に行く、というお話が出たのは、その日の晩《ばん》、夕食時で。

行き先は栃木《とちぎ》の那須《なす》の山奥《やまおく》で。

既《すで》にその話を聞いていた澄夫人を除《のぞ》けば、一同、唖然《あぜん》しきりで。

「な、なんだって、そんな話になったンですか、骸惚先生?」

「香月君からの提案《ていあん》でね。旅費も滞在費《たいざいひ》も向こうが持つ、というのだ。まあこういう話でもなければ家族旅行なぞできはしないがね」

素麺《そうめん》を啜《すす》りながら、さらりと骸惚先生。

「旦那様《だんなさま》……そういったことをわざわざ仰《おっしゃ》らずともよいではありませんか」

眉を顰《ひそ》め、小声で仰るは澄夫人。対する骸惚先生は平然としたもので。

「僕《ぼく》の稼《かせ》ぎが少ないのは申し訳《わけ》ないとは思うが、事実は事実さ。隠してもどうしようもない。——僕はただ、棚《たな》から落ちてきた牡丹餅《ぼたもち》は、せいぜい美味《うま》く食おうと言っているだけさ」

「それにしても、父様《とうさま》? なんだって緋音さんがそんないいお話を紹介《しょうかい》して下さるの?」

「詫《わ》びと礼——だそうだ」

「……何の?」

「池谷《いけや》先生の事件《じけん》の、だよ。図《はか》らずもあの時、容疑者《ようぎしゃ》になった香月君の身の潔白《けっぱく》を証明《しょうめい》することになったのでね、その分のお礼と、先月の『變態犯罪』誌に事件の真相を発表した際《さい》に、僕の名を出したことについてのお詫び、ということだね」

そのお話を聞いて、どこか居心地《いごこち》を悪そうにするのは、河上君と涼嬢で。

なんと言っても、緋音嬢が容疑者扱《あつか》いされるに当たっての事情には、多分にこのお二人方《ふたかた》が関《かか》わっておりましたものですから、虚心《きょしん》ではいられないとでも言うのでしょうか。

「この暑い東京にもいい加減《かげん》、辟易《へきえき》していたところだからね。ちょうど良いと思ってね。——まさか、反対はしないだろう？」

「そりゃあ、女学校だってすぐ休みに入るし、もう暑いのはこりごりだし、せっかくの緋音さんのご招待《しょうたい》なのだし、行きたいわよ。——ねえ、滃子？」

「はい。滃子も……暑いのは苦手です」

言葉を証明するかの如《ごと》くに、口調も細々滃子嬢。

「なら、決定だ」

パンと一つ手を叩《たた》き。話をまとめた骸惚先生ではございましたが、怖《お》ず怖《お》ず声をあげたのは河上君。

「あ、あの〜、骸惚先生？《家族旅行》と仰《おっしゃ》ってましたが、小生はどうすればよろしいンでしょうか？」

「君？君はどうとでもなるだろう、子供《こども》じゃあないんだし。一月や二月もいなくなるというものでもないしねえ」

あっさり言ってのける骸惚先生に抗議《こうぎ》の声をあげるのは、涼嬢で。

「お、置いてっちゃうの!? それはあんまりに非道《ひど》いんじゃない？」

「いやです！兄様《あにさま》も一緒《いっしょ》に参りましょう！」

河上君に縋《すが》り付くのは、潑子嬢。

「いや、潑子ちゃん。こればッかりはね……」

不満がないはずもない河上君ではございましたが、居候《いそうろう》の身分で家族旅行に連れて行けなどとは申せるものでもございません。

そんな中、溜息《ためいき》一つ漏《も》らして澄夫人。半眼で骸惚先生を睨《にら》んでは。

「旦那様。大人気《おとなげ》がありませんよ」

澄夫人の言葉で、堪《こら》えていたものが堪《たま》りかねたのか骸惚先生。呵々《かか》とお笑いになりまして。

「ははは……、冗談《じょうだん》に決まっているだろう。君がどうしても東京に残りたいと言うのならば、話は別だがね」

「め、滅相《めっそう》もない！　勿論《もちろん》、ご一緒させて頂きますョ！」

「河上さんは、もう家族も同然なのですから、当然ですわ」

「あ——ありがとうございます」

「まったく。父様も人が悪いわよ」

「旅行です。兄様もご一緒です」

突然《とつぜん》、降《ふ》って湧《わ》いた旅行の話に、賑《にぎ》やかさの絶《た》えない平井家の団欒《だんらん》でございました。

＊

カッカと暑い、陽《ひ》が降り注《そそ》ぎ。

ミンミンじりじり、蟬《せみ》も鳴く。

いつもと変わらぬ、夏景色《なつげしき》。

ところがこの日ばかりはチョイト違《ちが》って。

どこかご婦人方《ふじんがた》はおめかしで。銘仙《めいせん》、飛白《かすり》のよそゆきで。星に木蓮《もくれん》、花輪に菊《きく》、小花に矢飛白《がすり》、モダーンな感じ。ですが、男どもは相変わらずで。鉄色《てついろ》、飛白の薄物の骸惚先生。襯衣《シャツ》に長着《ながぎ》の袴姿《はかますがた》は河上君。

己《おのれ》とご婦人方の姿を見比《みくら》べ、も少し気張《きば》るべきだったかとも思う河上君ではありましたが、元より、彼氏の服に選択《せんたく》の余地《よち》があるわけでもなく。褪《あ》せた袴を見下ろしながらも、頭を掻《か》き掻き諦《あきら》めて。

サテ、そんな平井家の前には、黒塗《くろぬ》りフォードが二台停車。

「お待たせ致《いた》しました。お迎《むか》えに上がりましたワ」

その内、一台から降《お》り立った、香月緋音嬢を見つめる平井のご一家は、皆一様《みないちよう》の啞然《あぜん》ぶり。

「フォードでお出迎えとはね。まるで華族《かぞく》にでもなったようだな」

と、骸惚先生ですら感心しきりで。

タクシーなどでも広く利用され、大正時代《このころ》の自動車と言えば、『T型フォード』というほどに、一般《いっぱん》にも親しまれた名自動車ではございましたが。

自動車自体がまだまだ高級なもの。タクシーの値段《ねだん》が市電の十倍近いというこの時代、実用よりも趣味《しゅみ》のもの。乗れるが精々《せいぜい》、華族様に金満お大臣といったところでございまして。

「なんだか、ここまでされてはかえって恐縮《きょうしゅく》してしまいますわね」

「よろしいンですワ、奥様《おくさま》。長旅になりますし、交通の便もよくないところですから、他《ほか》に仕様もない、というだけの話なンですから」

「……小生、自動車に乗るなンて、初めてだョ」

「そりゃ、わたしもよ……」

「あ、運転手の腕前《うでまえ》は信用して頂《いただ》いてよろしくッてョ」

「そ、そりゃァ、もう……」

さあさ、と緋音嬢に促《うなが》されて、車に乗り込《こ》む平井一家と河上君。一方には、澄夫人に二人のご令嬢《れいじょう》のご婦人方。もう一方が、緋音嬢に骸惚先生、それから河上君。

一行を乗せた自動車は、ゆっくりと平井家を出発したのでございます。

「――さて、香月君。いい加減《かげん》、事情《じじょう》を説明してもらおうじゃあないか」

出発して暫《しばら》くして。そんなことを言い出したのは骸惚先生。

「……どういうことですの、骸惚先生？」

「君ねえ。僕があんな与太話《よたばなし》で納得《なっとく》するとでも思っているのかい？　この自動車は香月家のものだろう。あれほど実家を嫌《きら》っていた君が、お礼だのお詫《わ》びだのの個人的な事情だけで、家から車を——それも運転手付きで——借り出してくるはずもないことくらい、すぐに分かるよ」

骸惚先生の視線《しせん》を受け止めていた緋音嬢。肩《かた》を竦《すく》めて、溜息《ためいき》吐いて。

「ヤッぱり、骸惚先生は騙《だま》せませんわネ」

「当たり前だ。今更《いまさら》、車から飛び降りて帰るだなんて真似《まね》もできないのだから、いい加減、正直に話してもらおうかと思ってね」

言われて緋音嬢。何から話せばよいかを迷《まよ》っている風で、逡巡《しゅんじゅん》しておりましたが。

「実は、これから向かう旅館——正確《せいかく》にはホテルなのですが——営業《えいぎょう》をしていないンです」

「営業をしてない!?　それッって、一体どんな旅館ですか？」

素《す》ッ頓狂《とんきょう》な声で口を挟《はさ》むは河上君。

「日下子爵《ししゃく》をご存じ——？」

「……確《たし》か、先日、当主が亡《な》くなったとか言う、アレかい？」

「直宏子爵ですわネ、そうです。それで、次期子爵——ご長男の日下直明《なおあき》様なンですが、数年前に体を壊《こわ》して以来、半ば寝《ね》たきりの状態《じょうたい》でして……。そのホテルで静養してらッしゃるンですワ」

「ホテルを一軒《けん》、借り切ってるンですか!?　流石《さすが》に華族様はやることがデカいなァ」

「借り切っている——と言うか、もともとそこは日下子爵の持ち物なンですワ。でも、直明様がそんな体になってしまってから、別荘《べっそう》のように使用しているとか」

話を聞く内、どんどん難《むつか》しい顔付きに変わっていった骸惚先生。不愉快《ふゆかい》そうに頭を掻いて。

「それで。なんだって、そこに僕らが——と言うか、君が——行くことになったんだい？」

「実は……これですの」

と緋音嬢が差し出すのは、一通の封書《ふうしょ》。

受け取った骸惚先生が、緋音嬢に促されて中を開いて見てみれば。

たった一行便箋《びんせん》に、ひどくかすれて弱々しい字。

——私は命を狙《ねら》はれてゐる。

「……これは？」

手紙を読んで、眉《まゆ》を顰《ひそ》めて骸惚先生。

「その直明様からのお手紙ですヮ。妾宛《アタシあ》てに——と言っても、実家の方になンですが——届《とど》いたンですの」

「《私は命を狙われている》ねえ……。香月君には、何か心当りがあるのかい？」

問われて緋音嬢。口元に手を当て、暫《しば》し考え込んでおりましたが。

「……直明様には、下に三人ご兄弟がいらっしゃいます。先程《さきほど》、申し上げた通りに、直明様は床《とこ》から起きあがるのですら難儀《なんぎ》するようなお体ですから、《子爵家当主には相応《ふさわ》しくない》という意見がご親族から出ているのも、確かだという話ですわ」

「つまり、華族《かぞく》のお家騒動《そうどう》、というわけか」

先程から《華族》の《子爵》のと言った言葉が飛び交《か》っておりますが、徳川《とくがわ》の御代《みよ》に《公家《くげ》》や《大名》などと呼《よ》ばれていた、やんごとない人々を一緒《いっしょ》くたに《高貴《こうき》な方々》としてしまったのが、いわゆる《華族》でございまして、それを改めて、公爵・侯爵《こうしゃく》・伯爵《はくしゃく》・子爵・男爵の五つの階級にわけたのでございます。

つまるところは、この時代における《特権階級《エラいひとたち》》と思っていただけばよろしいでしょう。

「それにしても、香月男爵様に、ではなく、わざわざ香月さん宛にこんな手紙が届いただなンてことは、なにか特別な交流でもあッたンですか？」

「正直、妾《アタシ》には思い当たることがございませンの。そりゃあ、幼《おさな》い頃《ころ》によくして頂《いただ》いた記憶《きおく》はありますけど、それこそ物心つくかつかないかといった時分の話ですもの」

「ああ、そうだった香月君――」

大事なことを思い出したとでも言うように骸惚先生。緋音嬢も思わず、表情を緊張《きんちょう》させなさり。

「は、はい。なんでしょう？」

「この車内、煙草《たばこ》吸《す》っても大丈夫《だいじょうぶ》かね」

骸惚先生の口から続いた言葉に、カクリ肩《かた》を落とした緋音嬢でございまして。

「……え、ええ。大丈夫《だいじょうぶ》ですわよ。ちゃんと灰皿《はいざら》も用意してございますヮ」

「そいつは済《す》まないね。どうも、煙草を吸っていないと、うまく頭が働かない気がしてね」

言いつつ骸惚先生、紙巻《かみまき》煙草を取り出して。しゅッと燐寸《マッチ》で火を点《つ》けて。

「ところでね、香月君。君の家と、その日下子爵というのは、古くから交誼《よしみ》があったのかね？」

「交誼と言えるものだったかどうか。ご承知《しょうち》の通り、香月の家は《戦争成金》ですから——」

ほんの数年前の欧州《おうしゅう》大戦——即《すなわ》ち、第一次世界大戦——時の空前の軍需《ぐんじゅ》景気によって、莫大《ばくだい》な富《とみ》を手に入れた方々を、まァ揶揄《やゆ》をも込めて《戦争成金》と呼《よ》んでいるわけでございまして。

緋音嬢のご実家の香月男爵家は、そういったご家庭なのでございます。

「——それ以前の暮《く》らしぶりと言ったら、酷《ひど》いものでしたヮ。華族と名乗るのも憚《はばか》られるような生活でして。その頃、お金の無心《むしん》に伺《うかが》っていたのが日下子爵様だったンですの。一応《いちおう》、遠縁《とおえん》という話なンですが、まだ天子様が京にいらっしゃる頃のことだとかで、どの程度《ていど》の縁なのかは、正直……」

「じゃあ、君のところにとっては恩人《おんじん》というわけか。今ではもう、交流はないのかい？」

「ええ、それが……。その頃はまだ先々代がご存命《ぞんめい》中で、先々代という方は貴族院《きぞくいん》の議員でらっしゃいましたし、もともと日下家は《諸侯《しょこう》華族》でしたので、その……金銭《きんせん》的に余裕《よゆう》があったンですの」

《諸侯華族》とは、旧幕時代《きゅうばくじだい》にいわゆる《大名》だった方々のことでございまして。日下家は、維新《いしん》以前は現在《げんざい》の栃木と茨城の県境《けんざかい》付近に一万数千石《まんすうせんごく》の領地《りょうち》を有する、小藩《しょうはん》のお大名だったのでございます。

御一新後《ごいっしんご》に公家《くげ》から華族になった《公卿華族》《くぎょう》の中には、新時代に対応できずに借金抱《かか》えて首が回らず、破産《はさん》したり爵位を返上したりの憂《う》き目にあった者もおりましたとか。それに比《くら》べて、土地を持ってた《諸侯華族》はまだマシだったと言うことでございましょうか。

尤《もっと》もそれも扱《あつか》う者の才覚次第《しだい》とでも申しましょうか、お金を儲《もう》けることは難《むずか》しくとも、食いつぶしてしまうことは誰《だれ》にでもできるわけで。

「……今は、そうではない、と？」

「あまり大きな声では申せませんが……。先代、つまり先日亡《な》くなった直宏子爵は、そういった方面に気を使わない方だったようで、議員にもなられなかったらしいですし……」

「財産《ざいさん》を食いつぶす、典型的なドラ息子《むすこ》ってやつだな」

華族様に向かっての手酷《てひど》い暴言《ぼうげん》。いきなりオドオドしだしたのは、勿論《もちろん》、小心者の河上君。

「が、骸惚先生！　そ、そんな、子爵《ししゃく》様に向かって――」

「ドラ息子をドラ息子と言って何が悪い」

「そ、そりャァ、そうかもしれませんが、ですがねェ……」

「心配しなくとも、ちゃんと場所くらいは弁《わきま》えるよ」

平然とした調子で煙草を吸う骸惚先生に河上君、肩《かた》を落として、溜息吐《ためいきつ》いて。

「まったく……。骸惚先生は心臓《しんぞう》に悪いですョ」

「そう言う君の生き方は、胃に悪いと思うがねぇ」

「いいンです。小生はこれで。——それにしても、小生よく分からないンですが、華族様だったら、貴族院議員とやらになれるンじゃァないンですか？」

河上君の質問《しつもん》に、骸惚先生、呆《あき》れ返って煙《けむり》を吐《は》いて。

「やれやれ——。君も物を知らない帝大生《ていだいせい》だねぇ。無条件《むじようけん》で貴族院議員になれるのは、こう爵とこう爵——ああ、つまり英吉利《イギリス》で言うところの公爵《デューク》と侯爵《マークイス》だけさ。伯子男爵は選挙によって選別されるんだよ」

「あ、そうだったンですか」

「ええ。ですから、直宏子爵の代になって、日下家は衰退《すいたい》した、というような形になってしまいましたわネ。それで、我《わ》が家——父のところへお金の融通《ゆうずう》を頼《たの》みに来たことがあるらしいンですの」

「なるほどね。君のお父上はそれを断《ことわ》ったわけだ。——以来、交流が絶《た》えてしまった、と」

「と言うよりも、先々代が亡くなった頃から、交流が途絶《とだ》え始めて、そのことで決定的になってしまった、と言うのが正確《せいかく》なところなンですけれど……。ですから、妾《アタシ》の直明様の記憶《きおく》も、本当に幼《おさな》い頃《ころ》に遊んだ——まァ、年齢《とし》が十以上も離《はな》れていますから、遊んでもらった、ですわネ——その記憶が残っているくらいですワ」

「そんな直明氏が君に深刻《しんこく》な手紙を出してきた——」

煙草を揉《も》み消した骸惚先生、不愉快そうな表情を隠《かく》そうともせず。頭を掻《か》いて、もみくちゃにして。

「——どうにも嫌《いや》な予感がするなぁ。なんだか、車から飛び降《お》りたくなってきたよ」

それを聞いた緋音嬢。顔には精一杯《せいいっぱい》の神妙《しんみょう》な表情で。

「こんなことに巻《ま》き込むだなんて、申し訳《わけ》なく思っておりますワ。でも、本当に何か、、、、起きた時に妾《アタシ》だけでは、対処《たいしょ》のしようもないと思ったものですから」

「まあ、僕《ぼく》だって裏《うら》に何かあるのを承知《しょうち》の上で、君の提案《ていあん》を家族旅行に利用させてもらったのだから、他人《ひと》のことをどうこう言えないが。——しかし、直明氏の目的はそのあたりにあるのかもしれないな……」

「そ、そのあたりッて……、一体、どう言うことですか？」

骸惚先生のお言葉に、何か不吉《ふきつ》なものを感じた河上君。オドオド慌《あわ》てて、骸惚先生を問いつめて。

「つまり——」

と一瞬《いっしゅん》、口を開きかけた骸惚先生ではございましたが、途端《とたん》に苦笑《くしょう》を浮《う》かべて、頭《かぶり》を振《ふ》って。

「――いや、やめておくとしよう。推論《すいろん》だけで物を言っても仕方がないしね。華族《かぞく》のお坊《ぼっ》ちゃんの被害妄想《ひがいもうそう》だということだって、充分《じゅうぶん》に有り得《う》るわけだからな」

骸惚先生はそう仰《おっしゃ》いましたが、先程《さきほど》の先生のお言葉に、なにやら《予言》めいたものを感じ取ってしまった河上君でございました。

二章　爵位《シャクイ》ノ行方《ユクエ》、今何処《イマイズコ》

カンカン照りの東京を出発《で》て。

辿《たど》り着いたら、どんより重たい曇《くも》り空。

空には一面、雲の幕《まく》。

おまけに、降《お》り立ったのは、山の中で森の中。

周囲をぐるりと見渡《みわた》してみても、ホテルどころか家一軒《いっけん》も見つかりゃせずで。

ここで鴉《からす》がカァとでも鳴けば、不気味さに思わず寒気を催《もよお》すところではございましょうが、聞こえてくるのは、こればっかりは相も変わらず、蟬《せみ》の声。

「申し訳《わけ》ございません、皆《みな》サン。ここから先、自動車は入り込《こ》めないので、暫《しばら》く歩いて頂《いただ》くことになりますワ」

「ずいぶんと辺鄙《へんぴ》なところにあるンですねェ、そのホテルッてのは」

「温泉《おんせん》が湧《わ》く場所に建てたンだそうですヮ。こればッかりは、人間の力ではどうにもなりませんからネ。――このあたりは、わりと有名な温泉郷らしいですわョ」

「喜多《きた》温泉――だったかな」

「アラ。骸惚《がいこつ》先生はご存《ぞん》じでしたの？」

「なに。物の本で読んだことがあるだけだよ」

そんな話をしながら、ナカナカに険《けわ》しい山道を五分歩き、十分歩きとしている内に、チョイト開けた場所に出て。

どどんとばかりにご一行の目に飛び込んで来たのは、三階建ての建物で。赤煉瓦造《れんがづく》りの洋館で。目指すホテルに違《ちが》いはございますまいが、その姿《すがた》、まさに威風堂々《いふうどうどう》と言ったところ。

玄関《げんかん》前まで行ったところで、中から重たい音響《ひび》かせて、ぎぎぃとばかりに扉《とびら》が開き。姿をみせるは、小柄《こがら》で痩《や》せ形、初老の男性。年齢《とし》の頃《ころ》は五十も終《しま》いか、六十か。髪《かみ》には黒より白目立ち。頭の先から爪先《つまさき》まで、毛一筋《ひとすじ》の乱《みだ》れも見せない、きちり正しい洋装《ようそう》で。

「お待ち致《いた》しておりました、香月《こうづき》のお嬢様《じょうさま》」

緋音《あかね》嬢へ向けて、深々頭をお下げして。

「ご厄介《やっかい》になりますワ。ええと――前田《まえだ》サン、でらしたかしラ？」

「はい。お憶《おぼ》え頂いて光栄でございます。当家の執事《しつじ》を務《つと》めさせて頂いております前田正藏《まさぞう》にございます」

前田執事は表情《ひょうじょう》一つぴくりともさせずに、再度《さいど》、深々お辞儀《じぎ》して。

「皆様《みなさま》、お嬢様のご到着《とうちゃく》を心待ちにしていたご様子でございます」

「皆様――？　前田サン、ここには直明《なおあき》様しかいらっしゃらないのでは……？」

「いえ。直明様の弟様の、武揚《たけあき》様、俊幸《としゆき》様、和道《かずみち》様がいらっしゃっております。――お聞き及《およ》びではございませんか？」

「……ええ。初耳ですワ」

「左様《さよう》でございましたか。いずれ、改めてご挨拶されると思いますが、まずは、お部屋の方へ案内させて頂きます。不都合ございませんか？」

「え……、ええ。よろしくお願い致《いた》しますワ」

では、と一言、前田執事。館内《かんない》へと歩を進めて行きまして。

「なンか、こう……、お屋敷《やしき》に入るのに履物《はきもの》を脱《ぬ》がないというのは、妙《みょう》な気分ですねェ」

足下《あしもと》が気になって仕方《しかた》がないといった様子の河上《かわかみ》君。骸惚先生も苦笑《くしょう》を浮《う》かべて。

「君は典型的な日本人だねぇ。――ま、僕も他人《ひと》のことは言えないが」

下駄《げた》で絨毯《じゅうたん》を踏《ふ》みしめる感触《かんしょく》に、どうにもくすぐったいような、そんな違和《いわ》感を持っておられるようでございます。

――と。

「――緋音！」

館《やかた》に響く、大きな声。声の方を振《ふ》り向けば、館の奥《おく》から早足に近付く、三人の男性《だんせい》。

先程《さきほど》、前田執事の申しておりました、日下直明氏の三人の弟に相違《そうい》なく。

しかし、よくもまァ、これほど似《に》てない兄弟が生まれるものだと、感心してしまうくらいのてんでバラバラ、多様な容姿《ようし》。

真っ先に近付いてくるのが、大柄骨太《ほねぶと》、厳《いか》つい男。口髭《くちひげ》、頬髯《ほおひげ》たくわえて、威厳《いげん》よりも粗野《そや》が目立つ大男。日下の次男の武揚氏。今年、三十歳《さい》の三十路《みそじ》入り。

「あの香月のお嬢ちゃんが、暫《しばら》く見ないと思ったら、すっかり色っぽくなっていやがる。こいつは、ちょっとした驚《おどろ》きだぜ」

ズカズカ緋音嬢に近付き、武揚氏。ずうずうしくも腰《こし》なんぞに手を回し。

「イケナイなぁ、武揚兄さん」

武揚氏を咎《とが》めたては、三男、俊幸氏。ねとりと絡《から》む嫌《いや》な声。

この方、すぐ上の兄とは好対照と言うか、正反対と申しますか。小柄で色白、痩せ男。頬がげっそり痩せて見え。二十六歳とも思えぬ肌《はだ》で、病《やまい》でも患《わずら》っているかの如《ごと》くの、見ているからに不健康。それでも顔には薄《うす》ら笑い。時折舌《した》を出しては、チロリチロリと舌なめずり。それは恰《あたか》も毒蛇《どくじゃ》のようでございまして。

「俊幸兄さんの言う通りですよ。まったく、あなたって人は……」

俊幸氏に同調するは、末っ子四男、和道氏。

中肉中背、均整《きんせい》のとれた体軀《たいく》に、なかなか整った美貌《びぼう》の持ち主で。当年とって二十四歳、鼻梁《びりょう》も整う男振《おとこぶ》り。しかし、どこか気障《きざ》な素振《そぶ》りが拭《ぬぐ》えない、と言った様子で、喋《しゃべ》る時にも身振り手振りの大芝居《おおしばい》。

「いつも武揚兄さんが相手している商売女とは違うのですからね。令嬢《レディ》はもっと丁重《ていちょう》に扱《あつか》わないと——」

　これまた芝居がかった調子で緋音嬢に手を差し出す和道氏ではございましたが、当の緋音嬢はそれを一瞥《いちべつ》しただけで、きっぱり無視《むし》なさり。武揚氏の無遠慮《ぶえんりょ》な手からもスルリと身をかわしまして。

「お久《ひさ》しぶりでございます」

　口から出る挨拶《あいさつ》も、硬質《こうしつ》なる冷ややかなるもので。

　それにフンと鼻を鳴らした武揚氏。まさか、それまで気付かなかったわけでもございますまいが、平井家の一行に目を向けて。しかし、問うは前田執事に対してで。

「おい、前田。コイツらは、一体、何者だ」

《コイツら》に《何者》ときましては、河上君でさえ、腹立《はらだ》たしく思えるようで。癇《かん》の強い涼《すず》嬢などは、最早《もはや》、顔が真っ赤になって。それでも、口に出しては何も言わないあたり、精一杯《せいいっぱい》の自制心《じせいしん》を働かせているのでございましょうが。

「こちらは、香月のお嬢様のお知り合いのご一家だそうでございます」

「俺《おれ》は聞いていないぞ」

「申し訳ございません。敢《あ》えて申し上げるまでもないことであると判断《はんだん》させて頂《いただ》きました故《ゆえ》のことでございます」

一方、平井家の面々を興味深《きょうみぶか》げに、そしてどこか無遠慮に眺《なが》めていたのが和道氏。

「緋音君のお知り合いですか。どちらの名家の方々ですかな――？」

「それは――」

一瞬《いっしゅん》、口籠《くちご》もった前田執事に代わって、口を開いた骸惚先生。とは言え、口調はどこか投げやりで。

「なに。本来でしたら、あなた方のような方々の前に姿《すがた》を現《あらわ》すことのできる身分の者ではございませんよ。しがない探偵《たんてい》作家の一家です」

これを聞いた、日下のご兄弟の反応《はんのう》は、三者三様ながらも、皆一様に侮蔑《ぶべつ》の表情で。鼻で嘲笑《わら》って、口を利《き》こうともしないのが俊幸氏。珍獣《ちんじゅう》でも見るかのように、じろじろ睨《ね》め回すのが和道氏。そして、武揚氏に至《いた》っては――。

「なんだ、下賤《げせん》の輩《やから》か」

一言、切って捨《す》て。

これには最早我慢《がまん》の限界《げんかい》。激昂《げっこう》しかけたのは涼嬢で。

「なっ――！」

「お客様に無礼は許《ゆる》さんぞ、武揚！」

もし、ここで涼嬢に先立って、武揚氏を一喝《いっかつ》するこの一声がなかったならば、代わって彼女が後先も考えずに叫《さけ》び散らしていたであろうことだけは、間違いのないところではございましよう。

そんな涼嬢の短慮《たんりょ》を、偶然《ぐうぜん》ながらも止めた方は、この館《やかた》の主《あるじ》にあたる日下のご長男、直明様。長身白皙《はくせき》細身の様《さま》は、どこか骸惚先生にも似《に》ている風《ふう》。とは言え、杖《つえ》を突いてのご登場。病を患う重病人。顔は青白、幽鬼《ゆうき》のようで、自らの発した一喝に、体が耐《た》えられずに咳《せ》き込む始末。

それでも、平井一家に近づいて。

「弟どもがご無礼を致《いた》しました。代わってお詫《わ》び申し上げます。私が日下の当主、直明にございます。この度《たび》は、遠いところをよくおいで下さいました」

下のご兄弟とは打って変わって丁寧《ていねい》な態度《たいど》。

子爵の当主にこうまでされれば、溜飲《りゅういん》も下がると言うものではございますが。

それに対して、皮肉げな視線と言葉を向けるは、四男、和道氏。

「おや？　いつから直明兄さんが当主と定まったのですか？　寡聞《かぶん》にして僕は存《ぞん》じ上げませんが」

そうだそうだと囃《はや》し立てるは、次男の武揚氏。

「そんな体で、なにが当主だ。なにが子爵《ししゃく》だ！」

「まあ、直明兄さんが子爵になれるやもと、儚《はかな》い夢《ゆめ》を見ていられるのも後、数日のこと。それまでは自分こそ家長だと威張《いば》りたい気持ちは分からないでもないがね。ですが――クフフフ

フ……。滑稽《こっけい》だ。滑稽だよ、直明兄さん。クフフフ……」

笑う三男、俊幸氏。ニヤニヤ嫌らしい薄ら笑い。

「そうだとしても！」

直明様の再度の一喝。険《けわ》しい表情、きつい視線。病魔《びょうま》に侵《おか》されつつも、流石《さすが》は華族の当主候《こう》補《ほ》と思えるほどに、なかなかの威厳がございまして。

弟たちの反論、不満に嘲笑《ちょうしょう》も、すべて封《ふう》じ込めておしまいで。

「──私が襲爵《しゅうしゃく》せぬからと言って、お客様に無礼を働いてよいという道理はないぞ。不愉快《ふゆかい》だ、下がっていなさい」

またもや三者三様、渋々《しぶしぶ》といったご様子で。殊《こと》に武揚氏などは憎《にく》しみすら籠もった視線で、直明様を眺《なが》めておいでではありましたが、口に出しては何も言わずに、その場を辞《じ》したのでございます。

「数々のご無礼、重ねてお詫び申し上げます」

弟たちが去るのを見送り直明様。再度《さいど》、深々頭を下げて。

「いえ、こちらとしても、お礼を申し上げねばならぬところでしょう。あなた様が間に入って下さらなかったら、我《わ》が家の考えなしの娘《むすめ》が、方々《かたがた》にどんな無礼を申していたか分かったものではありませんからね」

涼嬢にちらりと視線を這《は》わせて骸惚先生。当の涼嬢、素知《そし》らぬ素振り。

その涼嬢に視線を向ける直明様。顔には微笑《びしょう》を浮かべるも、どこか悲しげな雰囲気《ふんいき》を身にまとっておいでてございまして。

「活発そうなお嬢様ですね、お羨《うらや》ましい限《かぎ》りです。私は見ての通り、このような体ですので、お元気な方を見ていると、とても晴れ晴れとした心持ちになります。――これを機会に是非《ぜひ》交誼《よしみ》を結ばせて頂《いただ》きたいものです」

「大変、光栄な申し出《で》ではありますが、本来、我々はお目に掛かるのも憚《はばか》られる身分の者。あなた様にとって良き交流となるかは、判《はん》じかねますね」

骸惚先生、口調は穏《おだ》やかなれど、些《いささ》か皮肉げな仰《おっしゃ》りよう。

気分を害するどころか、顔に湛《たた》えた微笑《ほほえ》みを、なお一層《いっそう》深めた直明様。

「なに、華族《かぞく》も子爵もそれは家のこと。私自身の価値《かち》ではありませんよ」

それを聞いて、鉄仮面《てっかめん》のような表情《ひょうじょう》を、ほんの一瞬《いっしゅん》少しだけ、ぴくりと動かしたのは前田執《しつ》事《じ》で。口に出しては何も仰りませんが、何か思うところがあるのやもしれません。

「――薬を飲まねばならぬ時間ですので私は失礼させて頂きます。ゆっくりとお寛《くつろ》ぎ下さい」

そう口にして、去る直明様を見送ると、吐息《といき》を漏《も》らしたのは河上君。

「気持ちのよい方でしたねェ。小生なぞは、華族と言うと――おっと」

途中《とちゅう》で言葉を止めたのは、前田執事に憚《はばか》ったのか、それとも緋音嬢か。

そんな彼氏の心中を、知ってか知らずか骸惚先生。

「そうだね。それに先進的だ。華族の身にありながら、ああいった風に考えられる人間というのは、そう多くはない。──涼も気に入られたようだし、この機に乗じて玉の輿《こし》というのも悪くないかもしれないぜ？」

「なにを馬鹿《ばか》なこと──」

冗談《じょうだん》めかしたご父君の言葉を一笑《いっしょう》に付そうとした涼嬢ではございましたが、何を思ったのか、河上君をちらりと眺《なが》めては。

「そうねぇ、子爵様の令夫人にはなれないかもしれないけど、愛人さんにくらいはしてもらえるかもしれないわね」

チョイト芝居《しばい》がかった、この台詞《せりふ》。本気にとって目を丸くしたのは河上君。

「ほ、本気かい、涼さん!? そういうのッて、涼さんには似合《にあ》わないと思うけどなァ──」

ここまでは、涼嬢の思惑《おもわく》通りということなのではございましょうが。

「まァ、涼さんが決めたのなら、小生なんぞが口を挟《はさ》むことでもないか」

若干《じゃっかん》、投げやりな態度《たいど》で付け加え。勿論《もちろん》、それが涼嬢の勘気《かんき》に触《ふ》れたのであろうことは、疑《うたが》いようのないことで。

「あンた……本当にそう思ってるの……？」

「え？ だって、涼さんのお輿入れに、部外者の小生が口出しするわけにはいかないじゃァないか」

見る見る内に、眉《まゆ》を跳《は》ね上げ、肩《かた》を怒《いか》らせ、憤怒《ふんぬ》の形相。

「──馬鹿《ばか》っ！」

河上君を一喝《いっかつ》するなり、前田執事を促《うなが》して、先を急ぐ涼嬢でございます。

「なっ……？　小生、何か怒《おこ》らすようなことでも言いましたか？」

理解《わか》っていないあたりが河上君。天を仰《あお》いで呆《あき》れ返るは骸惚先生。

「本気でそんなことを言うとはね。やれやれ──」

「処置《しょち》なし──ですわネ」

緋音嬢すら同調するで。

「な──⁉　なんです？　どういうことなンですか⁉」

詰《つ》め寄る河上君ではございましたが、呆れ果てて物も言えないとばかりに、ただただ首を振《ふ》るだけのお二人方《ふたかた》でございました。

＊

どうにかこうにか、部屋まで辿《たど》り着いたご一行。

ちなみに三階、最上階。河上君と骸惚先生の男部屋。澄《すみ》夫人に二人のご令嬢の女性部屋。そして、一人で緋音嬢。階段上がって手前の部屋から、このような順序でございまして。

部屋の広さを換算《かんさん》するなら、おおよそ八畳《じょう》。寝台《ベッド》二つにテーブル一つ。部屋にそれぞれ、風《バ》呂《ス》厠《トイレ》。流石《さすが》は子爵の持ち物の洋館風ホテルといった風情《ふぜい》。

「——なるほどね」

　こちらは男部屋の骸惚先生。荷物を置くなり煙草《たばこ》を銜《くわ》え。

「……？　なにが《なるほど》なンですか？」

　河上君が訊《たず》ねてみれば。顔にはチョイト意地の悪い笑《え》み浮《う》かべ。

「香月《こうづき》君をここによこした、彼女の父親——つまり、香月男爵《だんしゃく》の思惑《おもわく》さ」

「男爵の……思惑？」

「香月男爵は、直明氏から届《とど》いた手紙の内容《ないよう》なぞ、何の問題にもしていないのじゃあないかな。それこそ、《世間知らずの華族の坊《ぼっ》ちゃんの被害妄想《ひがいもうそう》》だとでも思っているのだろう。だが、それを方便《ほうべん》として娘の行動を促した——」

　火を点《つ》けずにいる紙巻煙草《かみまきたばこ》を、くるくる弄《もてあそ》んで骸惚先生。

「あの直明氏を除《のぞ》く、三人の兄弟を見れば、目的が香月君であることは一目瞭然《りょうぜん》だ。そしておそらく、男爵はそれを知っていながら香月君には教えていなかった。——となれば答えは一つさ」

　そうまで骸惚先生が仰られても、その一つに辿り着けないのが、河上君でございまして。

「あのォ、一つ、とは……？」

「やれやれ。君も相変わらず鈍《ニブ》いな。見合い——とは、少し違うか。まぁ、それに類することだよ。あの三人の誰かと香月君を結婚《けっこん》させようと目論《もくろ》んでいるというわけだ」

それを聞いて河上君。苦虫を嚙《か》みつぶしたかのような、嫌《いや》ァな顔付きで。

「あの三人の誰《だれ》かとですかァ⁉　なンだか、小生にはどいつもこいつもという気がするンですがねェ」

それを聞くなり骸惚先生。愉快《ゆかい》そうにお笑いになり。

「ははは……。君も言うじゃあないか。しかし、香月君はあの通りの女性《じょせい》だからね、男爵が結婚を薦《すす》めたところで承知《しょうち》するはずもなし、何処《どこ》の馬の骨《ほね》とも分からない男と突然、結婚すると言い出したりしかねない。それを反対でもしようものなら、手に手をとっての駆《か》け落ちくらい、造作《ぞうさ》もなくやってのけることだろうさ」

妙《みょう》に納得《なっとく》のできるお話に、うんうん何度も頷《うなず》き河上君。

「実にあり得そうな話ですねェ」

「だろう。香月男爵にすれば、零落《れいらく》した華族の次男や三男なぞ不満もいいところだろうが、背《せ》に腹《はら》は代えられないと言ったところかな。そうなる前に手を打っておかねば、という心境《しんきょう》なのだろうね。もしかすると、武揚と言ったか、あの粗野《そや》な次男坊あたりに、手込《てご》めにされても構《かま》わないくらいの気でいるのかもしれないよ」

骸惚先生の話の飛躍《ひやく》ッぷりに河上君、驚《おどろ》き慌《あわ》てて真っ赤になって。

「て、手込めッて——！　いくら何でもそりゃァ！」

「君が慌てることもなかろう。それに、心配しなくとも、このホテル内でならば他《ほか》の兄弟の目が光っているのだからね、武揚に限《かぎ》らず他の二人もあまり無茶はしないだろうさ」

「そうならいいンですがねェ……」

心配は尽《つ》きず、といった風の河上君に、骸惚先生ニヤニヤニヤニヤ笑み浮かべ。

「そこまで心配なら、君が立候補するというのはどうだね？」

「まったく、もォ……。なにを馬鹿なことを仰《おつしや》ってるンですか」

「そうかな。何と言っても、君は天下の帝大生《ていだいせい》だ。うまくすれば香月男爵に気に入られるかもしれないぜ？　駄目なら駄目で、それこそ手に手をとっての駆け落ちをすればいいだけのことさ。——ま、涼や潑子《はつこ》は泣くだろうがね」

「涼さんが泣くもンですか。激怒《げきど》するに決まってますョ」

「君にそこまで言われてしまうのでは、涼も立つ瀬《せ》がないねェ」

コツコツと扉《とびら》を叩《たた》く音が聞こえたのは、そんな折。

それが《ノック》だと気付くのに、暫《しばら》く必要で。

思わず顔を見合わせ、骸惚先生と河上君。「はい」と「どうぞ」が同時に飛んで。

「失礼致《いた》します」

声と共に姿《すがた》を見せたは、一人の少女。

年齢《とし》の頃《ころ》は河上君と同じか、も少し下か。濃紺《のうこん》ワンピースに、白のエプロン、フリル付き。

黒髪飾《くろかみかざ》るはヘッドドレスと、完全無欠のメイドさん。

チョイト珍奇《ちんき》な装《よそお》いに、目を丸くして間抜《まぬ》けた表情を晒《さら》す河上君。そんな彼氏にニコリと微笑《ほほえ》み、メイドさん。

「ご滞在《たいざい》中のお世話をさせて頂《いただ》くことになった咲久子《さくこ》と申します。何かお困《こま》りのことがございましたら、どうぞご遠慮《えんりょ》なくお申し付け下さいませ」

微笑み絶《た》やさず淀《よど》みなく。口にするのは、メイドさんの咲久子嬢。

それに対して、そんな必要もないのにオタオタ慌てふためくのが河上君。どうにも、こういった状況《じょうきょう》に慣《な》れていないのでございます。

「あ、いえ、その……。お、お世話になります」

「何かご要望はございますか？」

咲久子嬢の一言に、ぶるぶる大仰《おおぎょう》に首を振る河上君。対して骸惚先生、火を点《つ》けずにいた紙巻煙草を指しながら。

「──とりあえず、灰皿《はいざら》をもらえるかな」

《かしこまりました》とぺこり一礼。部屋を辞する咲久子嬢。

陶《とう》の灰皿を抱《かか》えて戻《もど》った咲久子嬢から、目的のものを受け取りながらも骸惚先生。硝子《ガラス》のはまった窓《まど》の外を指《さ》しまして。

「ここから見えるあの建物はなんだい？　なにか小屋か物置にでも見えるが、それにしては造《つく》りが豪華《ごうか》だ」

　骸惚先生の立つ窓から見下ろす、小さな建物。ぽつんと一軒《けん》、離《はな》れて建って。

　見た限《かぎ》りでは、蔵《くら》か小屋かと思えるものの、煉瓦《れんが》造《づく》りの立派《りっぱ》な建物。

「《離れ》のことでございますか？　もともと、どういう目的で造られたのかは存じ上げませんが、現在は和道様がご使用になられております。なんでも、難《むつか》しい学問の研究だとか」

「学問の研究とは、どのような——？」

　骸惚先生の反問に、頭《かぶり》を振《ふ》りつつ咲久子嬢。

「わたくしどもは《離れ》への立ち入りを禁止《きんし》されておりますし、浅学非才《ひさい》の身なれば、難しいことは分かりかねます。ですが、《お薬の研究》だと、以前に伺《うかが》ったことがございますわ。——お客様方も《離れ》への立ち入りはご遠慮《えんりょ》願います」

「薬……。薬ねぇ」

　何事かを考え込みだした骸惚先生に、も一度微笑み咲久子嬢。

「他にご用はございませんか？」

「え？　——ああ。手間をかけさせたね」

「いいえ。職務《しょくむ》にございます故《ゆえ》」

　再度、深々一礼し、部屋を去った咲久子嬢。そんな後ろ姿を見送りながら、ニコニコ笑顔で漏《も》らすは河上君。

「なかなか、素敵《すてき》なねえやさんでしたねェ――」

河上君の感想を聞いた骸惚先生。ぷっと小さく吹《ふ》き出して。苦笑を浮かべて頭を掻《か》いて。

「《ねえや》とはね。君も仮《かり》にも高等教育で外国語を履修《りしゅう》した身だろう。《メイド》くらいは言えんものかな」

自らの発した単語の場違《ばちが》いさに気付いたものか、河上君。チョイト顔を赤くして、わざわざ律儀《りちぎ》に言い直し。

「素敵なメイドさんでしたねェ――」

それを聞き咎《とが》めた人物がいたのは、河上君にとっては不幸な偶然《ぐうぜん》とでも言うべきことでございましょうが。

気づけば何時《いつ》の間にやら、扉のところに立っていたのは涼嬢で。潑子嬢の手を引いて。

「誰が――素敵ですって？」

「えっ？　す、涼さん!?　いや、そりャア、つまり……」

しどろもどろに河上君。なにも隠《かく》す必要も、弁解《べんかい》する必要もないことではございますが、険《けん》悪《あく》な涼嬢の表情《かお》を見ている内に、なにやら己《おのれ》が悪事でもやらかしたかの気分となりまして。

それをあっさり告げ口、骸惚先生。

「河上君が《素敵だ》と言ったのは、このホテルのメイドだよ。咲久子という名前だったか。――たった今、河上君が悩殺《のうさつ》されたところさ」

「が、骸惚先生！　ひ、人聞きが悪いですヨ、悩殺だなンて！　小生は、そんな、そのぅ……」

慌てふためき河上君。しどろもどろで、あたふたで。

それを眺める涼嬢は、半眼《はんがん》になって、睨《ね》め付けて。

「へぇ〜え。ふぅ〜ん。そう、そりゃようございましたわね。素敵な女性に遭遇《そうぐう》できて」

「ちょ、ちょっと、涼さん！　君、何か誤解《ごかい》しているヨ！」

「あら。誤解だなんて、そんなことないわよ。だって、ここは三階だもの」

「そういうつまらない冗談《じょうだん》を言っているのではなくッて！　——は、潑子ちゃん。潑子ちゃんなら、分かってくれるよね？」

最後の頼《たの》みの潑子嬢。己を慕《した》う幼女《ようじょ》に、ニッコリ笑って河上君。

ところが、最後の頼みの綱《つな》も、哀《あわ》れなるかなぷつりと切れて。

泣きそうなほどに顔を歪《ゆが》めた潑子嬢。涼嬢の背後《はいご》に身を隠し。

「ひどいです、兄様《あにさま》。不潔《ふけつ》です」

「だから、不潔じゃァないヨ！」

河上君の必至《ひっし》の抗弁《こうべん》も、二人のご令嬢にかかっては、証拠《しょうこ》の挙《あ》がった罪人《ざいにん》の、言い訳《わけ》がましい弁明も同様でございまして。頭を抱えて髪掻きむしって。

部屋の入り口で、なおも悶着《もんちゃく》を続けるお三人方《さんかた》の脇《わき》をするりと抜《ぬ》けた澄夫人。骸惚先生に近付き小首を傾《かし》げ。

「どうかなさいましたか？」

「なに、いつものじゃれあいさ」

表情《かお》には笑みで骸惚先生。愉快千万《ゆかいせんばん》、歓天喜地《かんてんきち》で。

「……また、旦那《だんな》様が何か嗾《けしか》けたのではございませんか？」

澄夫人の仰るところは的を射《い》たものでございましたが、一向堪《こた》えず骸惚先生。

「彼らはあれくらいでちょうどいいんだよ」

どこか温《あたた》かみの籠《こ》もった瞳《ひとみ》で、未《ま》だナンダカンダと口論《こうろん》を続ける河上君とご令嬢を眺めた骸惚先生でございました。

＊

陽《ひ》が傾《かたむ》いて、夜が更《ふ》けて。

空からぽつぽつ雨粒《あまつぶ》が。次第《しだい》に強まり、ざあざあ泣いて。

お生憎様《あいにくさま》、雨模様《もよう》の夕食時《ゆうげどき》。

打って変わって室内は、楽しい食卓《しょくたく》、長閑《のどか》な団欒《だんらん》。

それと言うのも、日下の人々は個人個人《こじん》で食事を摂《と》って、三階ホウルに用意された食卓に着いたのは、平井一家に河上君、加えて緋音嬢の気心知れたご面々。

更《さら》には、敢《あ》えて付け加えるのであれば、和風のお料理。小刀《ナイフ》に肉刺《フォーク》、匙《スプーン》など出されたら、一体どうしたものかと頭を悩《なや》ませていた河上君なんぞは胸《むね》を撫《な》で下ろしたものでございます。

「いやァ、美味《うま》い。流石《さすが》に子爵様のお宅《たく》のお食事。上等な料理ですねェ」

安堵《あんど》の気持ちが気易《きやす》さになり、いつものお調子ッ気がムラムラと。

給仕《きゆうじ》を務《つと》めるメイドの咲久子嬢にそんなことを口にしたのは、当然、河上君。

「光栄にございます。お口にあったのでしたら幸いですわ」

「このお料理が口にあわない人なンてのは、ちょっと小生には想像《そうぞう》できませんヨ」

「まあ、お上手ですのね」

などと、ほのぼの和《なご》やか会話の様子。

それが気に入らないのか涼嬢は、

「わたしは、母様《かあさま》のお作りになる料理の方が好きだわ」

「まあ、涼さん。そんなことを口にするものではございませんよ。第一、このお料理とわたくしの料理とでは比《くら》べるだけ失礼というものですよ」

窘《たしな》める澄夫人ではございましたが、助け船を出したのは骸惚先生。

「絶対的《ぜったい》な価値《かち》は兎《と》も角《かく》としても、人には好みというものがあるからね。肩肘《かたひじ》張った上等な料理よりも、日頃《ひごろ》食べ慣《な》れている料理に惹《ひ》かれるというのは良くある話さ。——そう言う意味では、僕《ぼく》だって澄の料理の方が好きだね」

「旦那様ったら、こんな時についでのようにお世辞を言っても、何も出ませんよ」

口ではそう言っても、顔は綻《ほころ》ぶ喜びよう。

「それでしたら、滲子は兄様《あにさま》のお料理が好きです」

滲子嬢まで言い出して。これに慌てた河上君。真っ赤になって汗掻《あせか》いて。

「いや、気持ちは嬉《うれ》しいけど、それこそ比べられるようなもンじゃァないヨ、滲子ちゃん」

「でも、これが滲子の《好み》です。兄様のお料理は幸せの味のする素敵なお料理です」

珍《めずら》しくも、きっぱりはっきり滲子嬢。河上君は照れるやら嬉しいやらで。

「《幸せの味》か。滲子は詩人だねぇ。――僕の血かな」

さりげなくも、自画自賛《じさん》するのは骸惚先生。

「あら、旦那様。まるでわたくしに詩的な素養《そよう》がないみたいな仰《おつしや》りようですのね」

「おいおい、なにもそこまでは言っていないだろう――」

澄夫人のお言葉に、慌てて取り繕《つくろ》って骸惚先生。そんなお二人のご様子に、破顔一笑《はがんいつしよう》、笑みの絶《た》えないご一同。咲久子嬢ですらも、口元押さえて忍《しの》び笑い。

そんな折のことでございます。

「――皆《みな》さん。食事は楽しんでいただけましたかな?」

コツリコツリと杖響《つえひび》かせて、賑《にぎ》やかな食卓に訪れた闖入者《ちんにゆうしや》。

「マァ、直明様⁉」

立ち上がりかけた緋音嬢を、片手《かたて》で制《せい》して直明様。

「食後のお茶にでもお付き合い頂こうかと思いましてね」

「そんなことでしたら、お呼び下されればこちらからお伺《うかが》い致《いた》しましたのに」

「気にすることはないよ、緋音君。君たちは客人なのだし、私も部屋から三階《ここ》まで上がってくるのが苦痛《くつう》になるほど脆弱《ぜいじゃく》でもない」

「そういうつもりで言ったのではないのですけれど……」

「ああ、分かっているよ。私も別に皮肉で言っているのではない。――どうもいけないね、華族なんてものは、腹《はら》のさぐり合いの会話が染《し》みついてしまっていて」

直明様は肩を竦《すく》めて苦笑い。

言う間にも、咲久子嬢は主人のために席を用意し、お茶を淹《い》れ。

直明様が席に着き、一口お茶を啜《すす》ったのを見計らったように口を開いたのは骸惚先生。

「なに、そう悲観したものでもありませんよ。こちらの香月君などは、その《腹のさぐり合い》を使って、立派《りっぱ》に自立していらっしゃる」

「そうか。緋音君は雑誌《ざっし》の仕事をしているのだったね」

「マァ！　ご存《ぞん》じでしたの⁉」

「ああ、知っていた。実は、あなたのことも以前から存じ上げていたのですよ、平井骸惚先生。――『新青年』や『變態犯罪《へんたいはんざい》』などでね。ずっと話し合う機会が欲《ほ》しいと思っておりましたよ」

「それはそれは。恐縮《きようしゆく》の極《きわ》みですな」

「探偵《たんてい》小説を書く方の考え方というものに興味《きようみ》がありましてね。――探偵小説を書くための知《ち》識《しき》や思考などは、現実の犯罪捜査《はんざいそうさ》にも応用《おうよう》が利《き》くものなのですかね」

「まさか――。あり得ませんね、そんなことは。勿論《もちろん》、犯罪史や犯罪学に精通《せいつう》した探偵作家はいるでしょうが、知識に過ぎませんし、犯罪捜査に応用を利かせようと思っているわけでもないのですからね。探偵作家は飽《あ》く迄《まで》《探偵作家》であって、《探偵》ではありませんよ」

「では、あなたが特別なのですかな？」

「僕――？　何故《なぜ》、僕が特別だと？」

「殺人事件《じけん》の真相を見事に推理《すいり》したそうではないですか。読みましたよ、『變態犯罪』を」

「そんなことまで……ご存じでしたか」

恨《うら》みがましい視線《しせん》を緋音嬢に送って骸惚先生。緋音嬢は恐縮至極《しごく》といった体《てい》。

「あれは偶然です。被害者《ひがいしや》も犯人も探偵小説に傾倒《けいとう》した人物で、事件それ自体が探偵小説のような事件だった。更に、被害者と犯人が僕のよく知っている人物でもありました。だから、彼らの思考を追っていくことができたのです。――あんなことを何度も期待されても困《こま》ります」

謙遜《けんそん》の度が過《す》ぎるとでも思ったのか河上君。横からわざわざ口出しして。

「でも、骸惚先生、小生や緋音さんだって探偵小説に傾倒《けいとう》している――と思っておりますが、真相なぞちッとも分かりャァしませんでしたヨ」

「それは単に君らが鈍《ニブ》いだけだ」

一言で切《す》って捨てられて、口籠《くちご》もってしまう河上君でございまして。それを見て、愉快《ゆかい》そうに笑ったのは直明様。

「つまり、あなたは鋭《するど》いわけですな、骸惚先生。いやいや、お会いできて嬉しく思いますよ」

「——ところで、直明様？　妾《アタシ》が受け取った手紙なのですけれど……」

思い出したかのように言う緋音嬢。尤《もっと》も実際《じっさい》には、言い出す機会を待ち望んでいたことではございましょうが。

直明様はチョイトばかりに苦笑《くしよう》を浮かべ。

「ああ、あれか。いや、芝居《しばい》がかっていると自分でも思わなくもなかったが、ああでもしなければ、没落《ぼつらく》華族の、更に長男でありながら襲爵《しゆうしやく》もままならない男になど興味を持たれないと思ってね」

「では、あれはまるきりの出鱈目《デタラメ》だということですの!?」

緋音嬢の台詞《せりふ》に、表情を暗くさせた直明様。

「出鱈目《でたらめ》……ということでもない。確《たし》かに、《命を狙《ねら》われている》などというのは大仰《おおぎよう》に過ぎるがね。親類縁者《えんじや》の中には、早く私が死ねばいいと思っている人間なら、ごまんといるさ。今日ここに来ている三人の弟などはその筆頭《ひっとう》だろう」

「まさか、そんなこと――」

「――あるわけがない。と思うのかな？　残念ながら、世の中は君が思うほど温かさに満ちてはいない。それに、客観的に見るのならば、日下直明という人物は、日下の当主としては、如何《か》にもマズい」

直明様の表情は、苦笑に自嘲《じちよう》が含《ふく》まれて。

「日下の家が生き残るためにはね、子爵という家柄《いえがら》を盾《たて》にして、素封家《そほうか》や実業家の娘《むすめ》を嫁《よめ》にとるくらいの道しか残されていないのさ。そして残念なことに、長男の私は既《すで》に妻子《さいし》がある。妻《つま》には先立たれてしまったが、息子《むすこ》はもう十二だ。後妻《のちぞえ》をもらったところで、その子供《こども》を次期子爵にするわけにはいかないのだから、嫁《よめ》にやろうと考える親はいないだろう」

「結婚《けつこん》をそういう風《ふう》にしか考えられないのは、悲しいことだとお思いになりませンの？」

眉《まゆ》を顰《しか》めて緋音嬢。直明様は悲しそうに頭《かぶり》を振って。

「だが、事実だ。家に庇護《ひご》されて生きる者は、家のために尽《つ》くす義務《ぎむ》があると私は考えている。家を捨《す》てて生きるのならば、結婚も恋愛《れんあい》も好きにすればいい。しかし、私は日下の中でしか生きられない。だから一事が万事《ばんじ》、家のことを考えねばならんのさ」

「妾《アタシ》には理解《りかい》できませんわネ」

嫌悪感《けんお》を隠《かく》そうともしない緋音嬢を窘《たしな》めたのは骸惚先生。

「香月君、直明様の仰っていることは間違っちゃいない。君だとて、華族なのだからそれくらいは分かるだろうに」

「だからこそ、妾《アタシ》が家を嫌《きら》っているということを骸惚先生はご存じのはずですヮ！」

「直明様は自分の生き方を押《お》しつけようとしているわけではないのだから、君がムキになることはないってことだよ」

頭を掻《か》き掻き骸惚先生。そして直明様に向き直り。

「――しかし、あなたはご自分でも、自分は子爵に相応《ふさわ》しくない、と思ってらっしゃる？」

「相応しい、とは思っていませんね。私はこの通り、余命幾何《よめいいくばく》もない身だ。子爵になりたいわけでもない。……だが、息子は子爵にしてやりたい。私が息子に遺《のこ》してやれるのは、どうやら、それだけのようですからね」

直明様は決意でもするように力強く仰ったのでございます。

「弟たちはそれが気に入らないのでしょう。一度、私が襲爵してしまえば、私が死んだところで跡《あと》を継《つ》ぐのは息子ということになってしまう。そうなる前にどうにかして死んでくれないものか。いっそのこと、実力を行使してでも――と、思っているのではないか、と私は恐《おそ》れているのです」

「それがあの手紙の真意――というわけですか？」

「まあ、そういうことになりますか。――あ、いや」

と直明様。事情《わけ》が理解《わか》らず不安そうに顔を寄せ合うご婦人方にお気付きになり。殊《こと》に潑子嬢などは、《死ぬ》の《殺される》のと言ったお話に、体を震《ふる》わせ澄夫人に縋《すが》り付くほどで。

「いや、申し訳《わけ》ない。お嬢様方の前でするようなお話ではありませんでしたな」

杖を突き、席を立ち、咲久子嬢に体を支《ささ》えられ。

「では、私はこれで失礼させて頂きます。——有意義《ゆういぎ》な時間を過ごさせて頂き、有り難《がた》く思っていますよ」

言い残し、部屋へと下がってゆく直明様でございました。

＊

その話を河上君が聞いたのは、翌朝《よくあさ》のことでございます。

——日下直明様が亡《な》くなられた、と。

三章　素人探偵團《シロウトタンテイダン》、再《フタタ》ビ

ざあざあざあざあ、雨が降《ふ》る。

びゅうびゅうびゅうびゅう、風も吹《ふ》く。

がたがたがたがた、窓揺《まどゆ》れて。

まさか、先行きを予言していたわけでもございますまいが、昨夜遅《おそ》くからの雨、風、嵐《あらし》にとめどなく。一向、和《やわ》らぐ気配もございません。

その一報を河上《かわかみ》君が知ったのは、部屋へと飛び込《こ》んできた緋音嬢《あかねじょう》からで。

覚醒《かくせい》直後にこれ以上ない、気付けの薬で。

「ちょ——ちょっと、待って下さい。もう一度言ってもらえませンか、香月《こうづき》さん？」

「ですから——。直明《なおあき》様が亡くなった、と言ったンですヮ」

しん……と静まり返った部屋の中。音を放つは外の嵐と、悲鳴を上げる窓。

その間に起きあがった骸惚《がいこつ》先生、ロイド眼鏡《めがね》に手を伸《の》ばし。

「病状《びょうじょう》が急変した……わけではなさそうだね」

「おそらく、自殺ではなかろうか、というお話ですヮ」

「おそらく——ね」

「ええ。——おそらく」

「兎《と》に角《かく》、詳《くわ》しい話を聞かせて貰《もら》おうじゃあないか」

紙巻煙草《かみまきたばこ》を手に取り骸惚先生。銜《くわ》えながらも緋音嬢を促《うなが》して。

「妾《アタシ》も人づてに聞いてきただけですから、正確《せいかく》に、とは参りませんけど——執事《しつじ》の前田《まえだ》サンが発見したそうです。いつも通りの起床《きしょう》時間に部屋まで伺《うかが》ったのですが、何度扉《とびら》をノックしても反応《はんのう》がなかったンだそうですの。直明様は時間には几帳面《きちょうめん》な方で、眠《ねむ》りも浅い方だとかで、こんなことは初めてだったと仰《おっしゃ》っておりましたワ」

「鍵《かぎ》はどうだったのだい？　ここの鍵は部屋の中から施錠《せじょう》する時でも、鍵が必要な構造《こうぞう》になっているだろう。直明氏は鍵を掛《か》けていたのかね？」

「ええ。勿論《もちろん》ですワ。しっかりと施錠されていたという話です。いつまで経《た》っても反応のない部屋の様子に心配になった前田さんが親鍵《マスター・キイ》を持ってきて開けたンだそうですの」

「では、鍵は？　親鍵《マスター・キイ》で開けたのならば、直明氏が普段《ふだん》使用していた鍵があるはずだろう。その鍵は？」

「直明様の枕元《まくらもと》です。読みかけの本の間に栞《しおり》のようにして手挟《たばさ》んであった、と」

「栞《しおり》のようにねぇ……。それで、結局のところ、直明氏の死因《しいん》は何だったんだい？」

「ジャール——睡眠薬《すいみんやく》の過度《かど》の服用が直接的《ちょくせつ》な原因《げんいん》ということになりますかしラ……？　普段《ふだん》

から常用《じようよう》していた薬だそうですが、今朝には薬瓶《くすりびん》が空になっていたンだそうです。そのことから見て、十五、六錠《じよう》は飲んだのではないか、と」

「ああ……。それじゃあ、死ぬねぇ」

まるきり他人事《ひとごと》のように言うは骸惚先生。——いえ、事実、他人事ではございますが。

河上君がはァ……とそこで一つ溜息吐《ためいきつ》いたのは、落胆《らくたん》したのか、はたまた安堵《あんど》か。

「じゃァ、服用量を間違《まちが》えた事故《じこ》か、もしくは故意の自殺ですか……。こんなこと言ッちゃァ不謹慎《ふきんしん》かもしれませんが、《命を狙《ねら》われている》なンて手紙を出した人が自殺をするだなンて、なんだか、しまらない話ですねェ」

「アラ。そうとは限《かぎ》らなくッてヨ、河上サン」

「——と、仰《おつしや》いますと？」

「睡眠薬だって、無理矢理飲ませることは可能《かのう》でしょう？　まして相手はあらかじめ睡眠薬を飲んで寝《ね》ている人間ですもの。抵抗《ていこう》される恐《おそ》れなンて、まったくありませんものネ」

「じゃァ、香月さんは事故でも自殺でもなく、他殺だと——？」

その質問《しつもん》には自らは答えず緋音嬢。骸惚先生に視線《しせん》を向けて。

「そのあたり、骸惚先生はどう思ってらッしゃるンですの？」

骸惚先生、煙草の煙《けむり》を視線で追って。知らぬ存ぜぬ知らんぷり。

「——骸惚先生！」

「僕《ぼく》に何を言わせるつもりだい、君は。自殺に見えるなら、それでいいじゃあないか」

「それが仮令《たとえ》偽装《ぎそう》でも——ですの？」

「そういうつもりで言ったのだがね」

「またそれですか、骸惚先生！　小生、先生のことは尊敬《そんけい》しておりますが、そういう態度《たいど》だけはどうにも納得《なっとく》しかねますヨ！」

「昨夜、あんなことを仰っていた方が、その夜の内に自殺するだなンて、奇妙《おかしい》とはお思いになりませンの？　まったく気にならないと仰るンですか⁉」

河上君と緋音嬢《じょう》、二人揃《そろ》って追及《ついきゅう》反論言い募り。

苦い顔付き、骸惚先生。その苦さの原因を煙草に求めるかのように、紙巻煙草を一瞥《いちべつ》し。

「じゃあ、どうしろと言うのだい。言っておくがこの状況で他殺だということになったら、僕らだって容疑者《ようぎしゃ》に含《ふく》まれるのだぜ？　そんな面倒《めんどう》くさいことは御免《ごめん》だよ」

「では、骸惚先生は自らの保身《ほしん》のためには、犯罪《はんざい》を見逃《みのが》してもよいと仰るンですの？」

「そういう露骨《ろこつ》な言い方は嫌《きら》いだね。だが、取り繕《つくろ》ってどうなるものでもなし、正鵠《せいこく》を射《い》ていないこともないよ」

骸惚先生の反応《はんのう》に、物も言わずジロリ睨《にら》んだ緋音嬢。とつとつ時だけ流れゆき。

紙巻煙草を灰皿《はいざら》に押しつけて、肩《かた》を竦《すく》めた骸惚先生。

「——第一、こんな議論はつまらないとは思わないかい？　僕らは犯罪の専門家《せんもんか》でもなんでもないんだぜ？《餅《もち》は餅屋》と言うじゃあないか」

「警察《けいさつ》に全部任《まか》せろッてことですか？」

「そうさ。僕らは万事《ばんじ》その判断《はんだん》に従《したが》えばいいだけの話だよ」

骸惚先生のお言葉に、首を振《ふ》るのは緋音嬢。

「それが――無理なんですの」

「まさか――」

盛大《せいだい》に顔を歪《ゆが》めた骸惚先生。不機嫌《ふきげん》どころか凶悪《きょうあく》で。

「――昨夜からのこの雨で道が塞《ふさ》がった、とでも言うつもりじゃあないだろうね」

「そのまさか、ですワ。連絡《れんらく》に向かった前田サンが、山道が崩《くず》れてしまっているのを確認《かくにん》されてますワ。このホテルには電話もございませんし、警察と連絡を取りたくても取れないということなンですの」

「冗談《じょうだん》じゃあない……」

骸惚先生、ガリガリ頭を掻きむしり。そのまま何かを考えているようではございましたが、スクッと寝台《ベッド》から立ち上がり。

「香月君、出て行ってもらおうか」

「なッ⁉　どういうことですの、骸惚先生」

「あのね、着替《きが》えるんだよ。直明氏の遺体《いたい》を見に行くのでも、寝間着《ねまき》のままというわけにはいかないだろうが。――そもそも、いくら動転していたからと言ったって、男の寝所《しんじょ》に飛び込んでくるなんて、君もどうかしているぜ」

「ア――⁉、アラ、いやだ。妾《アタシ》ッたら……」

ソソクサと部屋を出て行く緋音嬢を見送った後、苦笑《くしょう》を一つ漏《も》らして着替えにかかった骸惚先生でございます。

骸惚先生と河上君が着替えを終えて部屋から出ると。

扉《とびら》の前には、緋音嬢に加えて涼《すず》嬢も。

騒《さわ》ぎを聞きつけ、起き出してきたのでございましょう、緋音嬢から事情を聞き出そうとしておいでございまして。

「待たせたね、香月君。とりあえず、直明氏の部屋に案内してもらおうか」

「父様《とうさま》、わたし！　わたしも――」

「駄目《だめ》だ」

「な――⁉　なんで？」

涼嬢の申し出を、遮《さえぎ》り一言切って捨《す》て。

「駄目なものは駄目だ。――それから河上君。君もここに残っているんだ」

「そんな⁉　そりャァないですヨ、骸惚先生！　一体、何故《なぜ》です⁉」

骸惚先生のお達しは、あまりに無体《むたい》に思える河上君でございまして。

「興味半分《おもしろ》で死体を見られたのじゃあ堪《たま》らないからさ」

「そんな！　小生は別に――！」

「兎《と》に角《かく》、残っているんだ。君は僕の弟子《でし》だろう。弟子なら師《し》の言うことを聞いて然《しか》るべきだ」

　骸惚先生にそうまで言われてしまえば、《押《お》しかけ書生》の河上君としては、「はい」と答えて、先生方を見送る外ないのでございます。

「ねえねえ、太一」

　涼嬢が河上君の着物の袖《そで》を引っ張《ぱ》ったのは、そんな時。

「どうも、昨日から蚊帳《かや》の外にいる気がするのよね」

　チョイト口を窄《すぼ》め、拗《す》ねる様《さま》は可愛《かわい》らしくもありまして。

「そうかなァ……？」

「そうよ！　昨日だって、あの直明って人と父様が話していること、全然分からなかったんだから。わたしにだって説明くらいしてくれてもいいでしょう？」

「でも、必要なことなら、ちゃんと骸惚先生が話してくれるンじゃァないのかなァ」

「まさか！　あの父様が素直《すなお》に教えてくれるわけないじゃない」

「……まァ、それもそうかもね」

たった今、ノケ者にされた河上君としては、同様の身の上の涼嬢に対して、同情の気持ちも湧《わ》き上がり。

「事の始まりは、手紙だッたンだョ――」

と、まァ、すっかり事情を説明することに相成ったのでございました。

＊

「――それで、今朝、香月《こうづき》さんが《直明様が亡《な》くなった》ッて、部屋に飛び込んできたッてワケさ」

河上君が涼嬢《じょう》にそれまでの事情を説明し終えたのと、ほぼ同時。階段を上がってくる、足音二つ。若干《じゃっかん》、青ざめた素振《そぶ》りの緋音嬢と、少なくとも表情《かお》は平静を保《たも》っている骸惚先生。

「あ、父様――！　ねえ、どうだったの⁉」

骸惚先生は、どこか嬉々《きき》とした表情で近寄《ちかよ》ってくる涼嬢を、眉《まゆ》を顰《ひそ》めて一瞥《いちべつ》し。

「どう――と言われてもね。まずは、一服させてくれ」

溜息混《ま》じりで部屋の中へとお入りになって。入って直《す》ぐ様《さま》、紙巻煙草《かみまきたばこ》を取り出して。火を点《つ》け紫煙《しえん》を吐《は》き出して。弛緩《しかん》しきった顔付きで、ただただ煙《けむり》の行く先を眺《なが》める骸惚先生でございました。

そんな状況《じょうきょう》、真っ先に堪《こら》えきれなくなったのは河上君。

「もったいぶらずに、説明くらいしてくれてもいいじゃァないですか、骸惚先生！」

言い募《つの》られて、急《せ》かされて。骸惚先生、紫煙混じりに溜息一つ。

「……君が期待しているようなことは何一つなかったよ」

「そう……だったンですか？」

「完璧《かんぺき》な密室《みっしつ》。──尤《もっと》も、僕はシャーロック・ホームズじゃあないのでね、見落としがないとは言えないがね」

「じゃァ、やっぱり……？」

「僕の結論《けつろん》としては《自殺》だね。二つ三つ気になる点がないでもないが……」

「──気になる点？」

河上君の疑問《ぎもん》に答えたのは骸惚先生ではなく、緋音嬢。

「ええ。まず、第一に鍵《かぎ》が本に挟《はさ》んであったこと。そんなことをする理由も分かりませンが、もし栞代《しおり》わりなンでしたら、これから自殺をしようという人間が本に栞を挟むのだろうか、という点。第二に、時間的なこと。直明様は今朝四時ごろ亡くなったと思われるンですが──」

「死亡推定時刻《しぼうすいていじこく》が分かったンですか!?」

「え、ええ。それは骸惚先生が──」

「専門家《せんもんか》ではないので、確証《かくしょう》はしかねるよ。だが、硬直《こうちょく》の具合からして死後四、五時間といったところだろうと思うね」

骸惚先生の説明を待って緋音嬢、言葉をお続けになりまして。

「今、八時半ですから、死亡時刻は三時か四時頃ということになりますワ。昨夜、直明様が寝室《しん》《しつ》に戻ったのが、午後九時頃。——これは咲久子サンが確認《かくにん》しています。それでは、亡くなるまでの約六時間、直明様は一体、何をなさってらしたのか、という点。そして、一番大きな疑問点は——」

「——遺書《いしょ》だ」

緋音嬢の言葉を奪《うば》った骸惚先生。語っているのか、独《ひと》り言か。判別《はんべつ》し難《がた》い喋《しゃべ》りよう。

「遺書がなかった。睡眠薬《ジャール》を十五錠《じょう》というのだから、間違《まち》いなく覚悟《かくご》の自殺だ。それなのに、遺書の一つもないというのは、どうにも納得《なっとく》しかねるな」

「それなら、やっぱり自殺じゃなかったってことなの、父様？」

「どうかな。状況《じょうきょう》があまりに不可能《ふかのう》だ。——やはり、僕の結論は《自殺》だな」

「妾《アタシ》にはそうは思えませんワ。もし、本当に自殺なら、なぜ妾《アタシ》に《命を狙《ねら》われている》だなンて手紙を送ってきたのか、その意図がまるで分かりませんもの」

「君と最期《さいご》に語り合いたかったとか、最期を看取《みと》って欲《ほ》しかったというのはどうだね」

言ってはみるものの、ひどく投げやりな調子の骸惚先生。

「そんなこと、ご自分でも納得《なっとく》できないでしょうに。——第一、それなら、直明様のご子息《しそく》がいらっしゃらないことこそ不思議ですワ。あれだけ気に掛《か》けていらしたご子息ですもの、それを投げ出すように自殺をするような方とは思えません」

「まあ……それも、そうかな……」

骸惚先生が言葉を濁《にご》したことで、俄然気勢《がぜんきせい》をあげたのは河上君。

「そうですヨ、骸惚先生！　そもそも、《状況が不可能》だなンて、探偵《たんてい》作家のお言葉とは思えませんヨ！」

「それはそうよね。普段《ふだん》、その不可能な状況でさんざん人を殺してる人が、そんなこと言うだなんて、説得力がないんじゃない？」

涼嬢も河上君に力添《ちからぞ》え。こういう時には、実に息の合うお二人方《ふたかた》でございまして。

「人聞きの悪いことを言うんじゃあない。現実と探偵小説を一緒《いっしょ》くたにされては敵《かな》わないよ」

「兎に角、骸惚先生？　少なくとも妾《アタシ》は、幾《いく》つかの疑問点に納得のいく形で決着がつけられるまで、調べるのをやめるつもりはありませんワ」

「やれやれ。言って聞く君じゃあないしねぇ。僕は当てにしないでくれよ。いくら調べてもあれ以上の結論が出るとは思えないのでね」

肩《かた》を竦《すく》めて、溜息一つ。両手を広げて、降参《こうさん》だとばかりに骸惚先生。

その後に顔付き変えて、ぴしりと一言付け加え。険《けわ》しい表情、強い口調。

「――いいかい、他殺を疑《うたが》うということは、この館《やかた》の中の誰《だれ》かが殺人犯《さつじんはん》だと疑う、ということだ。そのことを肝《きも》に銘《めい》じておきたまえよ」

そこでコツコツ、ノックの音。顔を見せたのは咲久子嬢。

「あの……朝食のご用意ができましたが、いかがなさいますか？」

「あ！　勿論、いただきますョ。小生、先刻《さっき》から腹《はら》ペコで」

「えへへ。実はわたしも」

なんぞと呑気《のんき》な声をあげる河上君と涼嬢《じょう》に対して、表情を曇《くも》らせるのは緋音嬢。

「妾《アタシ》は遠慮《えんりょ》させて頂《いただ》きますワ、あまり食欲《しょくよく》がなくッて……」

「——だろうね。僕も今日の朝食は胃にもたれそうだよ」

骸惚先生も腹を撫《な》で。つい先程《さきほど》まで死体と対面なさっていたのですから、無理ないことかもしれませんが。

そんなお二人の様子を見て取って。

河上君と涼嬢に死体を見せずにいたのは、骸惚先生なりの思い遣《や》りかもしれませんで。

そのことに気付いた河上君。我《われ》知らずの内にも、骸惚先生に頭を下げていたのでございました。

＊

食事が終わって暫《しばら》くして。こちらは三階の一室、緋音嬢の部屋。

緋音嬢に河上君、それから涼嬢が集まり、顔を寄せ合って。

「調べるッて言っても、どッから手をつけたもンですかねェ……」

いきなり弱気になっているのは河上君。それに比《くら》べて涼嬢は、

「ねえ、緋音さん。確認《かくにん》しておきたいんですが、今、この館には何人ほど人がいるんです？」

まだしも建設《けんせつ》的な方。

「え？　――そうネ、まず直明様のご兄弟の三人。武揚《たけあき》様、俊幸《としゆき》様、和道《かずみち》様ネ。それから、執《しつ》事《じ》の前田サンに、メイドの咲久子サン、この方々にはお会いしてますわネ。あと、賄方《コック》にお一人いて、使用人はそれだけ。加えて、妾《アタシ》たちッてことになるかしラ」

「使用人が三人ッてのは、華族《かぞく》様のお屋敷《やしき》にしてはささやかですよねェ」

「マァ、本来、直明様しかいらっしゃらないンですからネ。ホテルとして使用していたのだって、随分《ずいぶん》前のことのようですし、事足りていたということなンでしょう。それでも和道様は、月に何度かいらしていたようですが、武揚様や俊幸様に至《いた》っては数年ぶりくらいになるのではなくッて？」

「そう言えば、和道さんという方は、《離《はな》れ》に部屋をお持ちのようですね」

「妾《アタシ》も前田サンから聞いてますワ。立ち入らないように、ときつく言い付かっているとか」

「薬の研究だとか、小生は聞きましたが、理科の学生さんなので――？」

「そこまでは、妾《アタシ》には……。私大の学生サンだとは伺《うかが》っておりますけど」

緋音嬢、チョイト小首を捻《ひね》って考えて。

「……あまり、真面目《まじめ》に研究してはいないのではないかしラ。どうも、多趣味《たしゅみ》な方のようです

からネ、楽器もおやりになって、写真にも凝《こ》っているのだとか。ですから、その研究とかも片《かた》手間《てま》に趣味の一環《いっかん》というところだと思いますワ。ここにも、ご自分で自動車を運転してくるンですってョ」

「自動車ですか……。道楽でそういうことができるンですから、零落《れいらく》したと言っても、やッぱり華族様なンですねェ……」

感心以前に呆《あき》れてしまい、溜息混じりに河上君が言うと、緋音嬢は嫌悪《けんお》の表情を隠《かく》そうともせずに。

「本来なら、こんなこと、言いたくはないのですけれど……、和道様は女性《じょせい》関係がたいそう派《は》手《で》だというお話で……」

緋音嬢らしからぬ、歯切れの悪さ。その一言に彼氏にしては珍《めずら》しい鋭《するど》さで、ピンときてしまった河上君。

「ははァ……、つまり、お金持ちの女性とお付き合いをして、お金を頂戴《ちょうだい》しているというわけですか」

「……そういうことになりますわネ」

渋面《じゅうめん》も一入《ひとしお》、緋音嬢。女権論者の彼女にとっては、口にするのも汚《けが》らわしい、と言ったところなのでございましょう。

河上君などにとってみれば、確かに和道氏はなかなかの美貌《びぼう》の持ち主でもありますし、更《さら》には華族のお坊《ぼっ》ちゃん。女性に好かれる要素《ようそ》も多かろうなんぞと思えもするのではございますが。それを口にしようものなら、この二人の癇《かん》の強いご婦人方からどのような口撃《こうげき》が飛んでくるのか想像《そうぞう》もできぬほどで。

「香月さんは、この館《やかた》のことは詳《くわ》しいンですか？」

結局のところ、話を逸《そ》らした方がよかろうということになってしまうわけでございます。

「え？　いいえ、妾《アタシ》だって、ここに来るのは初めてですもの」

「なら、一遍《いっぺん》、見て回った方がいいンじゃァないですかね」

「それも……そうかもしれませんわネ」

河上君の提案《ていあん》で、館を散策《さんさく》と相成ったお三人方《さんかた》でございます。

部屋から出てすぐ。まずは三階、最上階。

館自体は東西に長い長方形。階段《かいだん》があるのが東の端《はし》で、廊下《ろうか》が西へとずらりとのびて。途中《とちゅう》に各部屋の扉《とびら》。ひぃふぅみぃよ、と数えて全部で五つ。その内、只今《ただいま》使用されているのが、東の三つ。ただし、西側二つの扉は客室ではなくて。二部屋ぶち抜き、大きなホウル。昨日、河上君たちが食事を摂《と》った、三階ホウル。

部屋があるのが南側。廊下の北側壁《かべ》に掛《か》かるのは、チョイト古めかしい瓦斯角燈《ガスランプ》。

廊下の西の端には、北側にも扉が一つ。部屋の扉とは真正面。

そそっかしくも河上君が、何の扉だと開けてみれば。

「う——うわッ！　つ、冷たッ」

豪雨《ごうう》、強風、吹《ふ》き込《こ》んで。露台《バルコニー》への扉でございまして。

畳《たたみ》で換算《かんさん》するなら三畳《じょう》くらい。煉瓦造《れんがづく》りの半円形。周囲を手摺《てす》りで閉《と》ざされて。周囲《あたり》の山々一眸《いちぼう》できて、なかなかの絶景《ぜっけい》ではございますが。

「もぅ！　なにやってんのよ、あンたは！」

「ヤ⁉　面目《めんぼく》ない」

「ここは、露台《バルコニー》ですわネ。こんな天気でなければ、眺めのいい素敵《すてき》な場所なンでしょうが」

仰る通りに、如何《いか》な絶景も嵐《あらし》に晒《さら》されては、のんびり見物というわけにも参りませんで。

慌《あわ》てて扉を閉める河上君でございます。

一つ階段下りて、二階の様子。

こちらは、すぐ上三階と、まったくもって同じ造り。

廊下が延《の》びて、部屋が三つにホウルが一つ。西の端には露台《バルコニー》。廊下に据《す》えられる角燈《ランプ》の姿《すがた》まで同一で。

違《ちが》うものといったら、部屋を使う人くらいなもので。階段上がって手前から、武揚、俊幸、和道氏。あの兄弟と顔を合わせるのも、面白《おもしろ》くないとばかりにお三人方《さんかた》、直《す》ぐ様《さま》、更にも階段下りて、一階へ。

一階は、上の二つと比べると、二回りほど大きな造りでございまして。階段下りると、ちょうど館《やかた》の中央部。目の前に広がるのは玄関《げんかん》ホウル。東の側に食堂、配膳《はいぜん》室、台所。倉庫に使用人のお部屋が三つ。そして、直明様の書斎《しょさい》に寝室《しんしつ》。階段下りて西向けば、観音《かんのん》開きの扉に閉《と》ざされ、広く大きく立派《りっぱ》な居間《リビング・ルーム》。ダンス・ホウルと言ってもよいほどで。

在《あ》りし日の鹿鳴館《ろくめいかん》の時代には、洋装《ようそう》バッスル老若男女《ろうにゃくなんにょ》が、欧化謳歌《おうかおうか》と騒《さわ》ぎ立てたとか。

「あの、香月さん。直明様のご遺体《いたい》はどうなさったンです？」

河上君が声かけたのは、直明様の寝室の前。そのまま寝台《ベッド》に寝《ね》かされていて、それをこれから見てしまうのでは、先の骸惚先生の思い遣《や》りも無になるか、と思い至《いた》り。

尤《もっと》も、それは杞憂《きゆう》のようで。

「一階の倉庫の下に、今は使われていない地下室があるンですが、そこに安置させていただいてますワ。今の時期は気温も高いし、湿気《しっけ》も多いですから……」

「――ああ、腐《くさ》ってしまいますからね」

わざわざ緋音嬢《じょう》が言葉を濁《にご》したにも拘《かかわ》らず、無神経《むしんけい》にもはっきり言ってしまうあたりが、河上君でございまして。緋音嬢には嫌《いや》な顔をされ、涼嬢から肘鉄《ひじてつ》を喰《く》らう体《てい》たらく。

ゴホンと一つ似合《にあ》わぬ咳払《せきばら》いなぞをして、気を取り直して河上君。直明様の寝室に入り込み、一先《ひとま》ずぐるりと室内を見て回りはするものの。

骸惚先生が仰っていた通りに完全な密室《みっしつ》のようで。部屋の広さは八畳ほど。室内《なか》には豪奢《ごうしゃ》な寝台《ベッド》が一つにナイトテーブルがあるだけでございまして。

部屋から続く扉は三つで、一つは勿論、出入り口。後の二つは風呂《バス》、厠《トイレ》。

窓《まど》はすべて嵌《は》め殺し。出入りどころか開閉できずという始末。流石《さすが》に風呂と厠の窓だけは開けることもできますが、内からしっかと施錠《せじょう》され。

どこぞの名探偵《たんてい》の真似《まね》をして、把手《ノブ》に鍵穴《かぎあな》調べはしても、そこは素人《しろうと》河上君。

「駄目《だめ》だァ……。ホントに密室だなァ」

両手を広げて降参《こうさん》の体《てい》。

もともと、大《たい》して当てにもしていなかったのか涼嬢は、《フン》と小さく鼻鳴らし、緋音嬢に向き直り。

「ねえ、緋音さん。遺体を見つけた時に、誰かが室内に隠れていたという可能性《かのうせい》はないんですか？」

「そうですわネ……。妾《アタシ》が第一発見者ではありませンし、見つけられた前田サンだって動揺《どうよう》していたでしょうからネ、可能性がないとは言い切れませンけど――」

そう断《ことわ》っておきながらも緋音嬢。

「――前田サンが部屋に入り、直明様の様子に気が付くと、すぐに咲久子サンを呼《よ》んで、自分はお医者サンを呼ぶために館を出た、と仰っておりましたワ。結局、道が崩《くず》れていて前田サンはすぐに戻《もど》ってらしたンですが、その間、咲久子サンが部屋の扉の前に立っていらしたそうですから……」

「誰かが隠れていても、逃《に》げ出す余裕《よゆう》はないってことですか」

「ええ。その後で前田サンと咲久子サンで手分けして、ご兄弟の方と妾《アタシ》に知らせに来たンですが、皆《みな》サン部屋でお休みだったようでしてョ」

「そのあたりの詳《くわ》しい時間経過《けいか》を前田さんと……咲久子さんに聞いておいた方がいいかもしれませんね」

提案《ていあん》しながらも、咲久子嬢の名を出すことに若干《じゃっかん》の抵抗《ていこう》があるような涼嬢で。

「ああ、そりャアいい。そうしましょう」

分かっていない河上君。呑気《のんき》な声をあげては益々《ますます》涼嬢を不機嫌にさせるハメになったのでございました。

＊

前田執事《しつじ》と咲久子嬢を捜《さが》して、お三人方《さんかた》。

見つけたときには、二人並《なら》んで平身低頭。深々頭《こうべ》を垂《た》れておいでで。

垂れる相手は和道氏。二人の前に腕組《うでぐ》み仁王立《におうだ》ち。

「君たちは僕《ぼく》の言うことには従《したが》う必要はないとでも思っているのではないのでしょうね？」

言葉尻《ことばじり》は丁寧《ていねい》なれど、口調は険《けわ》しく、響《ひび》きに苛立《いらだ》ちありありで。

「とんでもないことでございます。私《わたくし》どもは万事《ばんじ》、皆様方の言《げん》に従っております」

「では、何故《なぜ》このようなことが起きたのか、教えてもらいたいものですね」

「それは……私《わたくし》どもには何とも……」

煮《に》え切らない前田執事の態度《たいど》に和道氏。舌打《したう》ち一つで、更《さら》に口調を荒《あら》げては。

「兎《と》も角《かく》、こんなことはこれきりにしてもらいますよ！　次に同じようなことがあったら、君たちの首が飛ぶと思ってもらいますからね！」

気障《きざ》で瀟洒《しょうしゃ》な和道氏とも思えぬこの態度。

すっかり面食《めんく》らってしまった河上君たち三人ではございましたが、恐《おそ》る恐ると緋音嬢《じょう》。

「……あの、どうかなさって？」

声をかけられ振《ふ》り向いた和道氏。眉根《まゆね》を寄《よ》せて、腹立《はらだ》ち紛《まぎ》れといった調子で答えては。

「あなたには関係のない——いや、まてよ……」

ふと何かに気付いた様子で、河上君たちに向き直り。鋭《するど》く指を突《つ》きつけて。

「まさかとは思いますが、あなた方の中に《離れ》に立ち入った方はいらっしゃらないでしょうね？」

和道氏の追及《ついきゅう》にも、皆一様に首を振り。

「この大雨の中、わざわざ館の外に出ようと思うほど、酔狂《すいきょう》ではありませんワ」

「……そうですか。念のため、はっきりと言っておきますが、あの《離れ》には立ち入らないで頂《いただ》きたいのです」

否定《ひてい》する言葉を聞いても、未《いま》だ腹《はら》の虫が治まらないといった様子で、足早に去っていこうとした和道氏ではございましたが、その背中《せなか》に声をかけたのは河上君。

「あの、薬物の研究をなさッてると伺ったンですが、それはどのようなもので——？」

「……何故《なぜ》そんなことを聞きたがるのです？」

立ち止まり、振り返りはしたものの。嫌悪《けんお》感を隠《かく》そうともせずに和道氏。

「いえ、単なる知的好奇心《こうきしん》ッてヤツですョ。——小生、これでも帝大《ていだい》の学生でして、学問の研究と言われると、チョイト興味《きょうみ》がわくンです」

「帝大生……？　君が？　まさか——」

と、まァ、明白《あからさま》に疑《うたが》っている様子ではございましたが。

「アラ、それは妾《アタシ》が保証《ほしよう》いたしますワ。こちらの河上サンは、歴《れっき》とした東京帝國大學《ていこくだいがく》の学生サンでしてョ」

緋音嬢にまで言われれば、信じぬわけにも参りませんで。

「そうですか。帝大生であるのならばお分かり頂けるとは思いますが——」

そう口にする和道氏は、どこか皮肉げ冷笑《れいしよう》的。未《いま》だ河上君が帝大生だなどとは信じられないのか、或《ある》いは信じたくはないものか。

「薬物というものは危険極《きけんきわ》まりないものです。あの《離れ》には劇薬《げきやく》も保管《ほかん》しております。——つまり、僕が立ち入るなと言うのは、皆さんの安全のためなのです。お分かり頂けたのなら、僕は失礼させて頂きますよ」

言うなり和道氏は、河上君たちの反応《はんのう》も待たずに、先程《さきほど》よりも足早に。誰《だれ》に止める暇《いとま》も与《あた》えず立ち去ったのでございます。

和道氏が立ち去り、姿《すがた》が見えなくなって。《フン》と鼻息ならすは涼嬢で。

「こんなこと言うのもナンだけど、あの和道って人も結構《けっこう》な狸《たぬき》よね」

「……？　どういうことだい、涼さん？」

「だって、あの人、あンたの質問《しつもん》にまるっきり答えてないじゃない。きっと、答えたくなかったのよ」

「もしくは、答えることができなかったという可能性《かのうせい》もありますわネ」

涼嬢の推論《すいろん》に、緋音嬢が付け加え。一人首を捻《ひね》るは河上君。そんな彼氏の様子を見て取って。

「《答えない》のは、薬物のことを知られるわけにはいかないから。《答えられない》のは、薬物の研究などしていないから——ってことよ」

補足注釈《ほそくちゅうしゃく》、涼嬢で。それでもちッとも理解《わか》らないあたりが河上君。

「——結局、どういうこと？」

涼嬢と緋音嬢。二人同時に溜息《ためいき》ついて。

「『つまり、《離れ》には何かあるってこと――！』」

《ことよ》と《ことですワ》に差はあっても、息も見事にぴッたりで。

思わず仰《の》け反《ぞ》ってしまう河上君でございます。

「――緋音お嬢様」

成り行きを見守っていたのか、それとも偶然《たまたま》耳に入ったのか。語りかけたのは前田執事。

「思うところもございましょうが、《離れ》のことは是非《ぜひ》ともご放念頂きたく存《ぞん》じます」

「あ……、アラ、前田サン。聞こえてらしたンですの。――ええ、勿論《もちろん》、コチラの方々にご迷《めい》惑《わく》がかかるような真似《まね》は誓《ちか》っていたしませんわヨ」

例の如《ごと》くの鉄面皮《てつめんぴ》。感情一つの動きも見えずの無表情。その儘《まま》ながらも一礼し。

「恐縮《きようしゆく》にございます」

「――ところで、前田サン。お伺いしたいことがあるンですの」

「はい。如何様《いかよう》なご用件《ようけん》でございましょう」

「今朝のことを詳しくお伺いしたいンですの。時間的なことも含めて」

緋音嬢の申し出に従って、前田執事が語るところによりますと。

六時に前田執事ら使用人が起床《きしよう》して。常《つね》と同じく、七時に直明様の寝室へ。一向、反応あらずで、親鍵《マスター・キイ》で扉を開けたのが七時半。直後に直明様の様子の異常さに気付《おかし》いて、前田執事は嵐《あらし》の中へと麓《ふもと》の町へ向かって飛び出したのだそうでございます。

「前田サンが町に向かっている間、寝室《しんしつ》の扉《とびら》の前には咲久子サンがいらしたンですわよネ？」

「——え？　は、はい……」

話を振《ふ》られて咲久子嬢《じよう》。今朝のことを思い返してでもいるのか、青ざめた表情《ひようじよう》で。

「部屋の中には入ったンですの？」

「い、いえっ！　その……わたし、恐《おそ》ろしくなってしまって。……申し訳《わけ》ございません」

「イヤイヤ、恐ろしくなるのも当然です。謝《あやま》ることなンてありませんョ」

咲久子嬢に助け船を出すのは、言わずと知れたお調子者の河上君。またもやそれが涼嬢の勘《かん》気《き》に触《ふ》れて。爪先《つまさき》踏《ふ》まれて飛び上がる彼氏でございます。

そんなご両人の様子に呆《あき》れ返りつつも先を促《うなが》す緋音嬢。

「途中《とちゆう》の山道が崩《くず》れておりまして、諦《あきら》めて私《わたくし》が当館に戻りましたのが、八時少し前だったでしょうか。戻りまして、今一度直明様のご様子を確《たし》かめさせて頂《いただ》きましたところ、体は冷え切っておりましたし、息はなく、心の臓《ぞう》も止まっておいででした。これはもういけない、と思いまして、ご兄弟の方や緋音お嬢様にお伝え申し上げた次第《しだい》でございます」

「今朝一番で直明様を見られたときにはどうだったンですの？　——ええと、つまり七時半の時点で、直明様は既《すで》に亡《な》くなられていたのか、ということなンですけれど」

「さて……。その時には私《わたくし》も動転しておりましたし、確かなことは申し上げられませんが、既に亡くなっておられた、と思えます」

(前田執事《このひと》が動転することなンであるンだろうか……?)

などと、あまり関係もない感想を抱《いだ》いてしまう河上君ではございましたが、それだけに前田執事《しつじ》の述懐《じゅっかい》は正しいものと思われるわけで。

「大変、失礼な質問《しつもん》かもしれませンが、それなのに——直明様がお亡くなりになっていると思われたのに、お医者様を呼びに? 警察《けいさつ》ではなく?」

「主人の生死に関《かか》わることでございますので、手前勝手な判断《はんだん》によって、お命をお救いすることができなかった、などということは許《ゆる》されません。なにより、警察に連絡《れんらく》せねばならないと思い至《いた》ったのは、大分《だいぶ》後になってのこと——皆様《みなさま》にお伝えした頃のことでございます。やはり、動転していたということなのでございましょう。お恥《は》ずかしい話ですが」

「いえ、それが普通《ふつう》の反応《はんのう》だと思いますワ。いろいろと、返答しづらい質問をしてしまって申し訳ありませんでしたわネ」

「お役に立てたのでしたら幸いにございます——失礼させて頂いてよろしいでしょうか」

「ええ。有り難《がと》うございました」

お辞儀《じぎ》を残して立ち去る前田執事。

一方、その間、河上君と涼嬢は、咲久子嬢に話を伺っておりまして。

「昨夜、最後に直明様をご覧《らん》になったのは咲久子さんだと聞いておるンですが?」

「はい……。昨晩、ご主人様を書斎《しょさい》から寝室までお送り致しました」

「いつもお部屋の鍵は直明様が掛けてらしたのかしら？　昨日も確かに？」

「はい。鍵はご主人様ご自身でお持ちでしたし、お部屋に錠《じょう》のおりたのを確認《かくにん》するのが、毎晩の役目でございましたので」

「その時に何か変わったこととかありませんでしたかねェ。直明様のご様子が普段《ふだん》と違っていた、とかなンですがね」

「いえ、そういったことは特に。普段と変わらないご様子でしたが……」

「じゃあ、昨夜から今朝にかけて、何かおかしなこととかなかったかしら？　どんな些細《ささい》なことでも構《かま》わないのだけど」

「そう申されましても……あ、そう言えば——い、いえ。なんでもありません」

何かに気付いた様子ではございましたが、咲久子嬢は口に手を当て、口閉《と》ざし。

こんな気になる態度《たいど》で《なんでもない》と言われても、《はい、そうですか》なんぞと納得《なっとく》しろというのも無理な話。ましてやそれが河上君と涼嬢なのでございますから。

「なにかあったのね⁉」

「是非《ぜひ》ともお話ししてもらえませんか⁉」

せっつく詰《つ》め寄《よ》る問いつめる。涼嬢は飛びかからんばかりで、河上君は拝《おが》み倒《たお》さんばかり。

複雑《ふくざつ》な表情《かお》で悩《なや》んだ末《すえ》に咲久子嬢、周囲《あたり》を憚《はばか》っているのか、一層《いっそう》小声でヒソヒソ声で。

「あの……当館の裏手《うらて》には露天風呂《ろてんぶろ》がございまして——」

「風呂？　ああ、この雨ですのでまだ拝見《はいけん》はしておりませんが、あるとは聞いておりますョ」

「今朝、つい先程《さきほど》のことですが、その露天風呂に俊幸様がお入りになったのです」

「は——？」

「つい先程って……この嵐《あらし》の中ってこと？　露天——なんでしょう？」

「はい。わたしどもはお止めしたのですが、どうしてもと仰《おっしゃ》りまして……お一人で出て行かれてしまいました」

「はァ……。俊幸様という方は、えぇッと……その、雨の中で風呂に入るのが好きだとか、そういうことなンでしょうか……？」

「いえ、そのようなことは伺っておりませんが、ですが……そのぉ……。執事の前田が申すには、俊幸様は奇矯《ききょう》なところのあるお人柄《ひとがら》だそうでして……以前にも、山で栗鼠《りす》や冬眠鼠《やまね》を捕《つか》まえていらして、料理しろと言われたことが……」

「たっ⁉　食べたンですか、栗鼠《りす》を⁉」

元より、肉食の文化が盛《さか》んではなかった、この日《ひ》ノ本《もと》。開化と同時に入り込《こ》み、大正時代《このころ》はすっかり浸透《しんとう》したかと言う頃合《ころあ》い。河上君とて『牛鍋《ぎゅうなべ》』を始め『カツレツ』『ビフテキ』なぞも、好んで食するところではございますが、《栗鼠を食った》なんぞと聞かされては、背筋《せすじ》がうそ寒くなるような心地《ここち》となるものでございまして。

「はい……。当家の賄方《コック》が何とか工夫《くふう》を凝《こ》らして、お膳《ぜん》にお出し致《いた》しました」

涼嬢も何やらいやぁな顔をして。

「お、美味《おい》しかった……の？」

それでも、聞かずにはおれなかったのか、ついついそんなことを口にして。

涼嬢の言葉に含《ふく》みなどがあろうはずもございませんが、《お前も食ったのか⁉》とでも尋《たず》ねられたと思ったのか、咲久子嬢はぶるぶる大仰《おおぎょう》に首を振《ふ》り。

「わっ、わたしは口にしてはおりませんからっ！」

思わず大声あげて。その勢《いきお》いに押《お》されたわけではないのでしょうが、涼嬢も素直《すなお》に謝《あやま》って。

「あ、ああ、うん。そりゃ、そうよね。変なこと聞いてごめんね」

「い……いえ、わたしの方こそお恥《は》ずかしいところをお目にかけました。——で、ですから、俊幸様という方は……」

「——チョイト危《アブ》ない人だ、と」

河上君はひどく端的《たんてき》に、それでもかなり正確に。

口籠《くちご》もった咲久子嬢を助けるつもりでの言葉であったのではございましょうが、それがちッとも助け船になっていないあたりが、まァ河上君でございまして。

「あ——！　いえ、その、使用人の分際でつまらないことを申し上げました！　どうぞ、お忘《わす》れ下さい！」

自分が俊幸氏を誹謗《ひぼう》しているように思えたのでございましょう、顔を赤々染《そ》めた咲久子嬢が、

目の端《は》に涙《なみだ》まで浮《う》かべ、何度も何度も頭を下げるに至《いた》っては、追及《ついきゅう》どころの騒《さわ》ぎではございません。

「小生らがつまらん質問をしてしまったのがよくなかったンです。気になさらないで下さい」

「は、はい。その……失礼します——！」

去りゆく咲久子嬢の後ろ姿を、すッかり毒気を抜かれた表情で見送る河上君と涼嬢で。

直後に思わず顔見合わせて。

「露天風呂だッてサ……それに、栗鼠ッて」

「確かに、おかしな話ではあったけど……」

それはまさに、《おかしい》は《おかしい》でも、《奇妙《おかしい》》ではなく《異常《おかしい》》で。

揃《そろ》って溜息《ためいき》をついてしまうご両人でございます。


「おい、緋音！」

未《いま》だ一階散策《さんさく》中のお三人方《さんかた》。呼《よ》ばれた声は、居間《リビング・ルーム》から響《ひび》く濁声《だみごえ》で。武揚氏が手招《てまね》きで。紙巻煙草《まきたばこ》をぷかぷか吹《ふ》かして、この昼日中《ひるひなか》から、酒を手に。

「こっちに来い、一緒《いっしょ》に盛《も》り上がろうじゃねえか」

既《すで》に出来上がっているのか、赤ら顔。

「——武揚様？　こんな時間から酒宴《しゅえん》とは感心できませんわネ」

「いいんだよ。これは前祝いだからな」

「前祝い……ですッて？」

「そうさ。見事に邪魔《じゃま》な兄貴《あにき》が死んでくれて、俺《おれ》が襲爵《しゅうしゃく》できるんだからな。これを祝わずに何を祝えって言うんだ。――子爵様か。悪くねえ」

ニマニマ満面笑み浮かべ。とても、好意的な笑みと呼べるものではございませんが。

もともと癇《かん》の強い緋音嬢。この狂態《きょうたい》には我慢《がまん》の限界《げんかい》だったのか、表情を強張《こわば》らせて、武揚氏に近寄って。腕振《うでふ》り一閃《いっせん》、武揚氏の手にした酒杯《しゅはい》を撥《は》ね飛ばし。

「いい加減《かげん》にして下さらない!?　よくもマァ、そんなことが言えたもンですわネ！」

「上《うわ》っ面《つら》だけ取り繕《つくろ》うのは、俺の趣味《しゅみ》じゃねえ。兄貴が俺にとって目の上の瘤《こぶ》だったのは本当のことさ。邪魔者が消えてくれたことを正直に喜んで何が悪い」

緋音嬢の剣幕《けんまく》に、武揚氏はニヤニヤの笑みも消え。残るは赤らの厳《いか》つい顔で。

「正直……？　正直ですッて？　アナタはもう一度、言葉の勉強をし直した方がよろしいようですわネ。アナタのそれは正直ではなく、無恥《むち》と言うンですワ！」

「俺に向かってよく言う。お前みたいな気の強い女は嫌《きら》いじゃねえぜ。屈服《くっぷく》のさせがいがあってものよ」

「アラ、そうですか。天地が引ッくり返ってもそんなことにはなりませンので、悪《あ》しからず」

「フン、今にすぐそんな口の利《き》き方はできなくしてやるぜ、緋音お嬢ちゃんよ」

これ以上ないほど凄惨《せいさん》な笑み浮かべ。瓶《びん》ごと喇叭《ラッパ》で酒呷《あお》り。煙草の包みに手を伸ばし。

——と、煙草は空で。酒も飲み干《ほ》して。

「前田！　酒だ！　それに煙草もだ！」

怒鳴《どな》って命じて武揚氏。どうも、何から何まで他人《ひと》にやらせなければ気の済《す》まない御仁《ごじん》のようでございまして。

早足《あしばや》に近寄り前田執事《しつじ》は、深々頭を下げた儘《まま》。

「ご酒《しゅ》はすぐにお持ち致《いた》します。ですが、申し訳ございません。当館には煙草の買い置きはございません」

「なら、買ってこい」

「……は？」

至極《しごく》当然のように言う武揚氏の言《げん》には、流石《さすが》の鉄面皮《てつめんぴ》にも動揺《どうよう》の色が見え。

「しかし、ご覧《らん》の通りの嵐《あらし》でございますし、その影響《えいきょう》で町への道も塞《ふさ》がれております故《ゆえ》……」

「そこを何とかするのが、貴様の仕事だろうが。——違《ちが》うか？」

「それは……仰《おっしゃ》る通りにございますが……」

口籠もる前田執事。その頃には、すッかり頭に血が上りきっていた河上君は、この無法者に何を言ってやろうかと、口を開きかけたその瞬間《しゅんかん》。

「……まったく、大人気《おとなげ》ないなぁ、武揚兄さん」

いつの間に、そこにいたのか俊幸氏が差し出したのは、紙巻煙草《ゴールデンバット》の箱に洋酒の瓶《びん》。

「フン、お前も少しは気が利くようになったじゃねえか」

武揚氏は奪《うば》い取るかひったくるかのように受け取って。酒瓶《さかびん》の栓《せん》を引っこ抜《ぬ》き、その儘喇叭《ままラッパ》で口をつけ。

俊幸氏は、そんな様子にニンマリニタリの薄《うす》ら笑い。

「おやぁ？　そんな簡単《かんたん》に口をつけてしまっていいのかな？　それほど武揚兄さんが私を信用しているとは知らなかったよ」

「な、何が言いたい？」

酒瓶呷る手を止めて。びくり体を強張らせ。瓶をドカリとテーブルに置いて、しきりに唇《くちびる》を拭《ぬぐ》っては、ジロリ弟を睨《にら》む武揚氏。

頬《ほお》がピクリピクリと震《ふる》えている辺りが、武揚氏の動揺を如実《にょじつ》に物語っておいでではございましたが。

「なあに。ただね、直明兄さんが死んでしまった今、私がどんな気持ちでいるのかは、その立場に三十年もいた武揚兄さんが一番よく知っているのでは？　それで、よく私の渡《わた》した酒を口にできるなと感心していたんだよ。いやいや、素晴《すば》らしい兄弟愛、流石は次期子爵候補だねえ」

《候補》を強調して言う弟を見る武揚氏は、ピクピクピクリと頬の震えも激《はげ》しくなって。

「て、手前《てめ》ぇ……ど、毒でも仕込んでいやがるってのか……？」

「それは、実際《じつさい》に飲んでみればすぐにでも分かることさ。さあ、どうぞ。……クフ、クフフ」

テーブルの上から瓶取って、武揚氏に突《つ》き出して。顔に浮かべる相も変わらぬ薄《うす》ら笑い。

それは当事者の武揚氏は元より、傍《はた》で見ているだけの河上君や涼嬢を戦慄《わなな》かせるにも充分《じゆうぶん》で。

《さあ、さあ》と突き出される酒瓶から逃《のが》れようと、体を引かせる武揚氏。終《しま》いには、ドスリと椅子《いす》から落ちて尻餅《しりもち》までつく有様でございまして。

「クフフフ……フハハハハハハハハハハ！」

俊幸氏の口から繰《く》り出された大哄笑《こうしよう》。愉悦《ゆえつ》に侮蔑《ぶべつ》の嘲笑《ちようしよう》で。

一頻《ひとしき》りお笑いになった後、手にした酒瓶に口つけて、グビリと一口飲み込んで。ベロリ大きく舌《した》なめずり。それはまさに、大蛇《だいじや》の風情《ふぜい》で。

「毒なんて入っているわけがない。考え足らずなところは少しも変わらないようだねぇ、武揚兄さんは。私が殺してしまっては、結局罪《つみ》に問われ、襲爵することができないじゃないか。私はあんたと心中するつもりはないよ。——そもそも、直情径行《けいこう》、傲慢無礼《ごうまんぶれい》、傍若無人。誰《だれ》に聞いたところであんたの評判《ひようばん》はこんなところだろうさ。短慮《たんりよ》な放蕩息子《ほうとうむすこ》に襲爵させたのでは日下の恥《はじ》。さぁて、そう考えない人間が親類縁者《えんじや》に一人でもいるかねぇ？」

馬鹿《ばか》にされたことで頭にきたのか、それとも無様な姿を晒《さら》して恥《は》じているのか、兎《と》も角《かく》、武揚氏の顔は真っ赤に染《そ》まっておりまして。立ち上がり様《ざま》に、俊幸氏に罵声《ばせい》を投げつけて。

「手前《てめ》ぇこそ、不愉快なところは少しも変わらねえな。俺に難癖《なんくせ》つける前に、手前ぇの評判を気にした方がいいんじゃねえのか」

「変人と思われていることは弁《わきま》えているとも。私はあんたと違って自分を知っているのでねぇ。尤《もっと》も、それでもあんたよりも悪評だとは思えないが」

「変態《へんたい》がよく言うぜ！　手前ぇの青っ白《ちろ》い面《ツラ》なんざ見たくもねぇって野郎《やろう》がごまんといるってことを忘《わす》れてんじゃねぇのか⁉」

「あんたにだけは言われたくないねぇ。その醜《みにく》い髯面《ひげづら》はなんだい。子爵だなどおこがましくって言えやしない。まるで、猿《さる》。そう、猿さ。……待てよ、猪《いのしし》ってのも捨《す》てがたい。そうだ、間を取って猪猿《いのしざる》ってことにしてやろうかい？」

「手前ぇが他人《ひと》の顔を偉《えら》そうに言えるタマか！　この蛇《へび》野郎がっ！」

兄弟喧嘩《げんか》にとめどなく。子爵に相応《ふさわ》しいかどうかと言う以前に、大の大人が口にする内容《ないよう》ですらなく。三十路《みそじ》も前後の男とても、唾《つば》を飛ばして言い争う様は、恰《あたか》も二人の幼子《おさなご》で。不快な上に呆《あき》れもいたしますが、それより最早《もはや》、哀《あわ》れなほどで。

聞くに堪《た》えず、見るにも堪えない。そう思っていらっしゃらないのは、当事者であるお二人《ふたり》方《かた》だけだったでございましょう。

付き合っていられないとばかりに緋音嬢《じょう》。振《ふ》り向き河上君らに近寄《ちかよ》って。

「河上サン、涼サン。参りましょうか」

「よろしいんですか？」

「構《かま》わないでしょう。ここにいても耳にするのもおぞましい罵詈雑言《ばりぞうごん》を聞くことになるだけでしょうからネ」

緋音嬢とても怒《いか》りが収《おさ》まったわけではないようで。さらりと辛辣《しんらつ》な台詞《せりふ》を口にして。

表情を強張《こわば》らせた儘《まま》、居間《リビング・ルーム》から歩き去ったのでございました。

＊

「食後のお茶に招待《しょうたい》――ですか？」

その話を前田執事から伺《うかが》ったのは、夕食後のことでございます。

一階、居間《リビング・ルーム》にて武揚氏と和道氏が待っているので、是非《ぜひ》来て欲《ほ》しいとのことで。

勿論《もちろん》、招待があったのは緋音嬢。ですが、他《ほか》の者は来るな、というわけでもないようで。

「……行かないわけには参りませんわネ」

昼間のことを思い返しているのか、あからさまに不愉快《ふゆかい》な表情ではございましたが、緋音嬢が席から立ち上がると、間髪《かんはつ》入れずに涼嬢も。

「わたしも行くわ！　緋音さんが心配だもの」

「心配するのとされるのが逆様《さかさま》だと思うンだけどなァ……」

ついつい思ったことを素直《すなお》に口にしてしまった河上君。ギロリと涼嬢《じょう》に睨《にら》まれて。更《さら》には腕《うで》まで摑《つか》まれて。

「あンたも来るのよ！」

「ンなッ——⁉ なんで小生が？」

「不届《ふとど》きなことを考えてる男どもから緋音さんを守るのよ！　嫌《いや》とは言わせないわよっ！」

涼嬢に引っ張《ぱ》られ、終《つい》には椅子《いす》から立ち上がらされ。結局、涼嬢のお言葉に逆らえるわけもない河上君でございまして。

そこで、ガタリと椅子が鳴り。立ち上がった人物がもう一人。

「やれやれ——。それでは一悶着《ひともんちやく》起こしに行くと言っているようなものじゃあないか」

「骸惚先生までいらっしゃるンですの？」

「君らだけで行かせて流血沙汰《ざた》でも起こされても敵《かな》わないのでね。気は乗らないが参加させてもらうことにするよ」

澄夫人と滃子嬢を残して、ご一行。食後のお茶会とやらに参加することに相成《あいな》った次第《しだい》。

「やあ、よくいらして下さいました。お待ちしていましたよ」

一階、居間《リビング》、大きなホウル。

身振り手振りも大仰《おおぎよう》に、破顔《はがん》で迎《むか》える和道氏。一方、武揚氏は一瞥《いちべつ》しただけで、口利《き》くどころかニコリともせず、ただただ酒杯《しゆはい》を重ねるのみで。

恰《あたか》も憎《にく》き敵《かたき》でもいるかのように、それを睨むは緋音嬢と涼嬢のご婦人方《ふじんがた》。河上君はオロオロで。苦笑《くしょう》一つに溜息漏《ためいきも》らすは骸惚先生。

「厚《あつ》かましくも大勢《おおぜい》で参上いたしましたよ」

円形テーブル、席に着き。お客と和道氏は固まって。一人離《はな》れて武揚氏。

それぞれにお茶を饗《きょう》ずる咲久子嬢。それが茶《ティー》であったのは致《いた》し方のないところでございましょうが、ついつい澄夫人の淹《い》れるお茶が無性《むしょう》に懐《なつ》かしくなってしまう河上君でございます。

「俊幸様はいらっしゃらないのですわネ」

「俊幸兄さんがこういった席に参加することはありませんよ。なにせ、一度も社交界に出たことすらないのですから」

「そうですの——それで、今宵《こよい》はどのようなお招《まね》きなンですの？」

お茶を一口、口に含《ふく》んで、緋音嬢。警戒心《けいかいしん》を解《と》かぬまま、険《けん》の籠《こ》もった口振りで。

「ははは……。そう警戒《けいかい》されても困《こま》りますね。僕《ぼく》はただ、あなたと話し合う機会が欲《ほ》しかっただけですよ」

「アラ、そうでしたの。——そう言えば、昨晩、同じことを仰《おっしゃ》っていた直明様は、妾《アタシ》たちのところまで足をお運びになられたものでしたわネ」

「フン、兄貴《あにき》は威厳《いげん》ってものを知らない男だったからな」

離れた場所で、それでもしっかり聞いていたのか武揚氏。嘲笑《ちょうしょう》ここに極《きわ》まれりといった調子で口挟《はさ》み。

「威厳を怒鳴《どな》り散らすことだと勘違《かんちが》いしている誰《だれ》かさんよりはマシだと思いますね」

聞こえよがしに和道氏。振《ふ》り向いた武揚氏の向ける憎悪《ぞうお》の視線《しせん》もあっさりと無視。

「それについては同感ですけど、でも妾《アタシ》、アナタも好きにはなれませンの」

「おや、どうしてです？　僕《ぼく》はあなたがとても好きですよ」

「アナタが複数《ふくすう》の女性とお付き合いしてお金を頂いてる、との噂《うわさ》を伺っておりますもので。妾《アタシ》、そういう男性とは、正直、口を利く気にもなれませンの」

「——噂、でしょう。噂に拠《よ》って他人《ひと》を中傷《ちゆうしよう》するのは正しい態度《たいど》とは思えませんよ」

和道氏は、天仰《あお》ぎ額《ひたい》に手を当て首を振り。なにをするにも芝居《しばい》がかったところのある御仁《ごじん》のようでございます。

「……では、事実無根とでも仰《おつしや》るつもりですの？」

「あなたが誤解《ごかい》しているのだけは確《たし》かですよ」

「なにが誤解だ——」

と再《ふた》び口を挟んだ武揚氏。

「お前の女遊びが激《はげ》しいのは本当のことだろうが。ここに女連れで来たことがあるってのも知ってるんだぜ」

「それでも、僕は武揚兄さんのように、金や暴力《ぼうりよく》で無理矢理《むりやり》、女をモノにしたことはないですからね。彼女たちは自分の意志《いし》で僕と付き合っているのですよ」

「やッぱり、噂は真実だとお認《みと》めになるンですのネ？」

「何を以《もっ》て真実とするかは難《むつか》しいところでしょう。ですが、複数の女性と交際があるというのは事実ではありますね。――ですが、男とはそういうものではありませんか？」

話を向けられたのは、河上君と骸惚先生の男性陣《じん》。

ひどく狼狽《うろた》えたのは河上君。緋音嬢と涼嬢にまでジロリ睨《にら》まれ、何を言ってよいものかと、ただただオロオロするばかり。

「ショ、小生ハ、そのォ――」

裏返《うらがえ》った声でとりあえず言葉を発してみるものの。ろくな返答ができるはずもなく。なにしろ未《いま》だ、《男女七歳《さい》にして席を同じゅうせず》というこの時代。まして中高と寮《りょう》生活で、女っ気とは無縁の生活をしてきた河上君なのでございますから、何をか言わんや、といった具合。

一方、骸惚先生は平然としたもので。

「一般《いっぱん》的な男とやらがどういうものかは兎《と》も角《かく》として、僕には妻《つま》以外の婦人とわざわざ交際しようと思うほどの甲斐性《かいしょう》はありませんね」

答えを聞いて、肩《かた》を竦《すく》めたのは和道氏。まるで海外活動写真《えいが》の俳優《はいゆう》のような大仰《おおぎょう》さ。

つまらぬ男どもだ、とでも思ってらっしゃるのでしょうか。

実際にどうかは置いておくにしても、認識《にんしき》としては和道氏の方が一般的かもしれません。何と言っても、この頃《ころ》、女性の社会的立場の低さには目を瞠《みは》るものがありまして。配偶者《はいぐうしゃ》以外の異性《いせい》と関係を持っても、罪《つみ》に問われるのは妻だけだ、というほどで。

女権論者《じょけんろんしゃ》の方々が、それを是正《ぜせい》しようとなさっていても、まだまだ《女の一人や二人は男の甲斐性》の理屈《りくつ》が罷《まか》り通っているのでございます。

この場に於《お》いては、その急先鋒《きゅうせんぽう》たる緋音嬢《じょう》。腹立《はらだ》ち紛《まぎ》れにバシンとテーブル一叩《ひとたた》き。

「兎に角！　妾《アタシ》、そんなお話を聞かされるのは不愉快《ふゆかい》ですの！　これ以上続けようとなさるンでしたら、妾《アタシ》は失礼させて頂《いただ》きますワ！」

自身の言葉通りに、立ち上がりかけた緋音嬢。そんな彼女に声をかけたのは武揚氏。

「まあ、待てよ、緋音。なにも俺《おれ》たちだって、こんなつまらん話を聞かせるために、お前を呼んだわけじゃねえんだからな」

「——と、仰いますと？」

「あなた方《がた》は直明兄さんの死を調べていらっしゃるようですのでね、我々《われわれ》にも詳《くわ》しい話を聞かせて頂きたかったのですよ」

和道氏は口元には笑《え》み浮《う》かべながらも、瞳《ひとみ》は探《さぐ》るように緋音嬢を見据《みす》えておりまして。

「——実際、どうなのです？　直明兄さんは殺されたのですか？」

単刀直入、和道氏。

かちゃん、と小さく音響《ひび》き。見れば、ティーポットを持ったままの咲久子嬢の体が細かく震《ふる》えているようでございまして。

「わかりません」

椅子《いす》に座《すわ》り直して緋音嬢。和道氏の視線を受け止め、睨《ね》め返し。

「ですが、その可能性《かのうせい》も少なくない、とは思っておりますワ」

「まどろっこしいな。はっきりと言ったらどうだ。もう、犯人《はんにん》だって分かってるんじゃねえのか？」

緋音嬢ばかりを矢面《やおもて》に立たせてはおけないと決心したのか、それに答えたのは涼嬢で。問うた武揚氏に目を向けて。

「そうですね。可能性として一番高いのは、武揚様じゃありませんか？」

「なっ――!? なんだとぉッ！」

「だってそうでしょう？ 直明様が亡《な》くなって、一番得するのは次男のあなた様ですもの。昼間も子爵様になれる、と喜んでいたようですしね」

「なめてんじゃねーぞっ！ このガキャーっ！ 好き勝手なこと言いやがって！」

怒号一喝《どごういっかつ》、武揚氏。怒《いか》りに顔を歪《ゆが》めて立ち上がり。大股《おおまた》で涼嬢に迫《せま》ろうとして。

緋音嬢に河上君、更《さら》には骸惚先生まで腰《こし》を浮かせかけたその瞬間《しゅんかん》。武揚氏の前に立ちふさがったのは和道氏。

「少し落ち着いたらどうですか、武揚兄さん。あのお嬢さんの言っていることは、説得力がな

いとは言いきれないと思いますが？」

「手前《てめ》ぇまで俺が兄貴《あにき》を殺したと思ってんのか!?」

和道氏の胸倉《むなぐら》掴《つか》んで捻《ね》じ上《あ》げて。頭にのぼった血が沸騰寸前《ふっとうすんぜん》のようでもございまして。掴まれた方は、少なくとも表面上は冷静さを保《たも》っておりまして。

「短絡《たんらく》思考もいい加減《かげん》にしたらどうですか？　誰《だれ》もそこまでは言ってませんよ。ですが、少なくとも、僕や俊幸兄さんが殺したところで何の得もないですからね。わざわざあんたのために邪魔者《じゃまもの》を殺してやるほど僕は親切ではありませんよ」

日下の二人の兄弟は、そのまま数分対峙《たいじ》して。先に耐《た》えきれなくなったのは、武揚氏。忌々《いまいま》しげに舌打《したう》ちし、突《つ》き飛ばすように襟首離《えりくびはな》し、元いた席へと戻っては、再《ふたた》び酒杯《しゅはい》を呷《あお》り始めたのでございます。

一方、落ち着いた態度《たいど》で襟元正した和道氏は、緋音嬢を顧《かえり》みて。

「――ま、今のでお分かり頂けたでしょうが、僕には直明兄さんを殺す理由はありませんよ」

「そうでしょうか。まず直明様だったということも考えられますでしょう？」

涼嬢の言葉を受けた和道氏、態《わざ》とらしくも目を剝《む》いて。

「随分《ずいぶん》と言うことが過激《かげき》なお嬢さんですね。つまり僕は、あと二人は殺さないといけないわけですか」

「勿論《もちろん》、高貴《こうき》なお方がそんな馬鹿なマネをなさるとは思えませんけど」

「挑戦的《ちょうせん》な方だ。そういうお嬢さんは嫌《きら》いではありませんよ。——どうです？　そのことについて今夜じっくり話し合うというのは。当然、二人っきりで、寝台《ベッド》の中で」

「なっ、なにを——！」

羞恥《しゅうち》か激怒《げきど》か兎《と》も角《かく》も、顔を染《そ》めた涼嬢が、口を開くに先駆《さきが》けて。

「——父親《おや》の前で娘《むすめ》を口説《くど》くのは遠慮《えんりょ》して頂けませんかね」

割《わ》って入った骸惚先生。和道氏は一向堪《こた》えぬ様子ではございましたが。

「おっと、これは失礼。では、いずれゆっくりと、お父様のいらっしゃらないところでさせて頂きますよ」

「親の僕が言うのもなんですが、この娘はひどく扱いづらいので、ご期待に添《そ》えるとは思えませんがね」

「ちょっと、父様⁉　どういう意味よ！」

「そういう意味だよ」

い、い、い、い、い、い、い
抗議《こうぎ》の声をあげる涼嬢に、さらりと一言、黙《だま》らせて。自分は和道氏に向き直り。

「事件《じけん》のことに関しても、この娘たちは何らの確証《かくしょう》があって言っていることではありませんよ。そんなものに惑わされないようにお願いしたいですね。僕としては、これは自殺であって、後のことはすべて警察《けいさつ》に任《まか》せたいと思っているのですからね」

「お嬢さんとは違って、常識《じょうしき》的な方のようだ——」

和道氏のその言葉に反論《はんろん》の声をあげそうになった涼嬢ではございましたが、咄嗟《とっさ》に河上君が横から手を出して、涼嬢の口を素早《すばや》く押《お》さえまして。これ以上、話を複雑《ふくざつ》にされては堪《たま》らないといったところなのでございましょう。

《う〜》とか《むぅ》などと唸《うな》っている涼嬢には恨《うら》みがましい視線《しせん》を向けられているものの、素知《そし》らぬ顔で。和道氏にはニヘラッと笑顔を向けて、話を促《うなが》して。

「——しかし、この雨では道の復旧《ふっきゅう》もままならないでしょうからね。警察が来るのも一体、いつになることか」

和道氏は言うなり窓《まど》に近付いて。まるで、自分に注目を集めようとしているような、舞台俳《ぶたいはい》優《ゆう》のような、そんな動きでございまして。未《いま》だ、ざんざん鳴り止《や》まぬ雨に眉《まゆ》を顰《ひそ》めては。

「まったく、いつになったら止んでくれるのやら。あなた方も運が悪い。こんな天候でさえなければ、それなりに見るべきところもある場所なのですがね」

「なに、我々《われわれ》はただ避暑《ひしょ》に来ただけなのでね。予定があるでもなし、暑さを凌《しの》げればそれ以上のことは望みませんよ」

「そうですか。雨が止んだら、僕が直々《じきじき》にご案内してもよろしいのですがね。例えば——」

と、和道氏が外に目を凝《こ》らしたその瞬間——。

上から何かが降《ふ》ってきて。

ざんざん降りの雨音に紛《まぎ》れて、ぎしぃッと軋《きし》む音、そして、ごきッと嫌《いや》な音。

窓の外、それこそすぐそこに人の体が降ってきたのでございます。

首に縄《なわ》を括《くく》られて。上から吊《つる》され、垂《た》れ下がり。体をだらりと弛緩《しかん》させ。風に晒《さら》され揺《ゆ》らめいて。

ゆら〜りゆらり、ゆらゆらり。

何の因果《いんが》か、雨風の影響《せい》か。揺れる体はくるりと回って、室内へと顔を向け。

それは——紛れもなく、日下俊幸氏でございました。

四章　殺人《サツジン》、殺人《サツジン》、亦殺人《マタサツジン》

和道《かずみち》氏は腰《こし》を抜《ぬ》かしてその場にへたり込《こ》み。

武揚《たけあき》氏は惚《ほう》けた表情《かお》で身動きとれず。

その他の方々も、皆《みな》一様に動きをとめて、固まって。

恰《あたか》も時間が止まったようで。

長い長い時間、そのままで——と河上《かわかみ》君には思われたのですが、実際《じっさい》には一瞬《いっしゅん》で。

咲久子《さくこ》嬢《じょう》の手から、お盆《ぼん》と茶器が滑《すべ》り落ち。がしゃんと激《はげ》しく音を立て。続いて、金切り悲鳴が響《ひび》き。

「い……！　いや……。いやあああああああぁぁぁぁぁぁっ！」

悲鳴で漸《よう》く我に返った者も幾人《いくにん》か。最も素早《すばや》く行動したのは骸惚《がいこつ》先生。

「この部屋の真上は何処《どこ》だ⁉」

「え——？　あ、二階……二階の露台《バルコニー》……」

そう答えたのは一体、誰《だれ》だったのか。兎《と》にも角《かく》にも、骸惚先生、聞くなり階段《かいだん》へ向かって駆《か》け出して。それを追って緋音《あかね》嬢。

河上君も後に続けと駆け出そうとしたその時に。ぎゅうッとばかりに腕掴《うでつか》まれて。振《ふ》り返れば、ぺたんと腰を落とした涼嬢《すず》が、河上君の腕をしっかと握《にぎ》っていたのでございます。

「ねえ、あれ……死んでる。死んでるんじゃないの――？」

顔面蒼白《そうはく》、血の気が引いて。それでも視線をまじまじ俊幸《としゆき》氏から離《はな》さずに。――い、いえ、離せない、ないのかもしれません。

それに気付いて河上君。体を涼嬢の前に割り入れて。吊られた体を涼嬢の視線から隠《かく》し。

「――うん。……あ、いや、まだ分からないヨ。今、骸惚先生と香月《こうづき》さんが確認《かくにん》しに行っているところだヨ。だから、小生《しょうせい》も――」

「いや……駄目《だめ》よ……」

幾度《いくど》も細かに頭《かぶり》を振って涼嬢が。それとも単に震《ふる》えてなさるのか。

「お願い……。お願いだから、ここにいて。何処《どこ》にもいかないで――」

日頃気丈《ひごろきじょう》で知られる涼嬢とも思えぬこの台詞《せりふ》。とは申しても、涼嬢とても未《いま》だ十五の女学生。ましで、初めて人の死に直面したのでございますから、冷静になれというのが無理な話と言うものでございましょう。河上君とて、己《おのれ》の冷静さが信じられぬ心地《ここち》。

涼嬢の体は次第《しだい》にガタガタ震えだし。歯の根が合わぬか、肌《はだ》に粟《あわ》が生ずるか。河上君の着物を摑んで胸《むね》に顔埋《うず》め。

頼《たよ》り甲斐《がい》をもたれているのか、はたまた藁《わら》にも縋《すが》る心境《しんきょう》なのかは定かではございませんが、縋られた河上君としては、少しでも縋り甲斐のある藁になるしかないわけで。

「うん、大丈夫サ。何処にも行かないよ……」

涼嬢の震える頭をそっと、それでもしっかと抱《だ》きかかえたのでございます。

そのまま、どれほど時が経《た》ったのでございましょうか、河上君と涼嬢の二人を我に返らせたのは、《ごほん！》と大きな咳払《せきばら》い。

どしん、と突き飛ばされた——のは、河上君の方。

尻餅《しりもち》ついて、見上げた涼嬢、頬《ほお》が真っ赤で茹《ゆ》で蛸《ダコ》で。《これは違《ちが》う》だの、《そういうつもりじゃない》だのと、ぶつぶつ口の中で呟《つぶや》いておいでの様子ではございましたが、一体、誰に対して言い訳《わけ》しているつもりなのやら。

それは兎《と》も角《かく》、咳払いの主《ぬし》は骸惚先生。全身びっしょりズブ濡《ぬ》れで。

「あ、が、骸惚先生——！　ど、どうでした……？」

河上君の問いに首を振りつつ骸惚先生。袂《たもと》から、紙巻煙草《かみまきたばこ》を取り出してはみるものの、濡れて湿気《しっけ》て吸《す》えなくて。《チッ》と舌打《したう》ち一つと共に。

「駄目だったよ……」

言葉少なこの答え。思い出したかのように騒《さわ》ぎ出すのは武揚氏。

「だ、駄目とはどういうことだっ！」

答えたのは緋音嬢。これほど他人《ひと》を馬鹿《ばか》にした視線《しせん》を向けられるものか、と思ってしまうほどの冷たい瞳《ひとみ》で。

「お分かりになりませンの？　俊幸様が亡《な》くなった――ということですワ」

「自殺――ですか？」

と、これは和道氏。

「俊幸が自殺だと⁉　バカバカしい！　どんな理由であいつが自殺するってんだ」

「俊幸兄さんの考えてることなんて、誰が分かるものですか。でも、そうですね、例えば直明《なおあき》兄さんを殺したのが俊幸兄さんで、追及に耐えきれなくなって思わず――なんていうのはどうですか？」

「ハッ！　あいつがそんな可愛《かわい》げのあるやつかよ！」

紛糾《ふんきゅう》する日下《くさか》兄弟の会話を横目に河上君、骸惚先生に視線を向けて。

「どうなんですか、骸惚先生？」

「状況《じょうきょう》としては自殺の線が濃《こ》いのは確《たし》かだ。――俊幸氏の遺体《いたい》は二階の露台《バルコニー》の手摺《てす》りに結んであった縄《なわ》に吊《つ》られていた。死因《しいん》は窒息《ちっそく》ではなく、頸椎骨折《けいついこっせつ》だな。飛び降《お》りた時に首を折ったのだろう。ズブ濡れで冷え切っていたが、体温は残っていたようだし、硬直《こうちょく》もなし、死斑《しはん》もなし。我々《われわれ》が目撃《もくげき》したあの瞬間《しゅんかん》に死亡《しぼう》したと見て間違いはないだろうね」

「つまり、この場にいる全員に現場不在証明《アリバイ》がある、ということですわネ」

「ほら、聞きましたか、武揚兄さん。自殺だそうですよ」

勝ち誇《ほこ》って和道氏。ボソリと小さいながらも、異論《いろん》を唱えた骸惚先生。

「それは、どうですかね――」

「……何か、仰《おつしや》りたいことでもあるようですね」

「なに、探偵《たんてい》作家というのは、つまらないことが気にかかる人種でしてね。現場不在証明《アリバイ》と言われると、何か細工《トリック》があるのではと考えてしまうものなんですよ」

「……それは創作《そうさく》のお話でしょう？」

「勿論《もちろん》――。ですが、《事実は小説よりも奇《き》なり》とも言いますのでね」

「あなたはどうしても殺人にしたいようですね。しかし、それならば、アリバイトリックとやらを考えるよりも、この場にいなかった人物を疑《うたが》ってかかるべきではありませんか？」

「確《たし》かに、あなたの仰る通りですね。詮無《せんな》いことを申し上げました、忘《わす》れて下さい」

話を切り上げ骸惚先生。つまらなそうに頭を掻《か》いて。

「兎も角、こうなった以上、一刻《いっこく》も早く警察《けいさつ》に知らせるべきでしょう。雨が弱まり次第《しだい》、多少の無理はしても、警察に連絡《れんらく》すべきだと思いますね」

骸惚先生の言葉を聞いて、皆《みな》が頷《うなず》きかけたその瞬間。

「――いや、それは困《こま》りますね。警察には知らせないで頂きたい」

きっぱり断《ことわ》りを入れたのは和道氏。

「……どう言うことですか？」

「どうもこうもありません。もし仮《かり》に、俊幸兄さんが直明兄さんを殺害し、それを悔《く》いての自殺だったとしたら、そんなことを公《おおやけ》にされるわけにはいかない、と言うことですよ」

酷薄《こくはく》なことを、至極《しごく》当然のことのように言う和道氏に対して、緋音嬢は再《ふたた》び激昂《げっこう》し。

「な──！　なんてことを仰るンですの、アナタは！　殺人事件かもしれないンですのョ⁉」

「だからこそ、ですよ。殺人事件かもしれないからこそ、日下子爵《ししゃく》の名誉《めいよ》に関《かか》わると申し上げているのです。──武揚兄さんだって同じ意見ではないのですか？　ご自分が継《つ》ぐかもしれない家名に傷《きず》がつくのはお嫌《いや》ではないのですか？」

《かもしれない》を酷《ひど》く強調して言った和道氏ではございましたが、名を呼《よ》ばれてびくりと体を硬《かた》くした武揚氏は、そんな皮肉にはお気付きにならなかったようで。

「お、おう。そりゃあ、そうだ。馬鹿《ばか》な兄弟どもの責《せい》で、俺《おれ》の物に傷がつくなんてことは御免《ごめん》被《こうむ》るぜ」

武揚氏の言葉に、我《わ》が意を得たりとばかりに大きく頷く和道氏。

「お聞きになりましたか？　僕《ぼく》と武揚兄さんが同意見である以上、これは日下子爵家の総意《そうい》と思って頂きたい。──よろしいですか？」

眼光鋭《がんこうするど》く、一同を睨《ね》める和道氏。それは、元が整った顔立ちなだけ、なかなかの迫力《はくりょく》がありまして。河上君なぞは、それだけで何も言えなくなってしまったのでございます。

「しかし……それでは——」

気丈《きじょう》にも、尚《なお》も反論を続けようとしたのは緋音嬢《じょう》。ですが、骸惚先生がそれを中断《ちゅうだん》させました。

「よせ、香月君。所詮、僕らは異邦人《いほうじん》なんだ。家のことは家の者に委《ゆだ》ねる外ない」

「ですが、骸惚先生……。いえ、分かりました」

不承不承《ふしようぶしよう》、渋々《しぶしぶ》といったご様子ではありましたが、緋音嬢がそれ以上何も口にしないのを見て取って、和道氏は口元ニヤリと歪《ゆが》めては。

「あなたが物分かりのいい方で助かりましたよ、平井さん」

「子爵家の総意とまで言われてしまっては、引き下がらざるを得ませんからね。ただし——」

一度言葉を切った骸惚先生、ロイド眼鏡《めがね》の奥《おく》から視線を和道氏に向けまして。

「警察には知らせませんが——それだけです」

そう言い放った骸惚先生の眼光は、それこそ和道氏のものなど物の数ではありませんで。

思わず顔を顰《しか》めて、数歩後退《あとずさ》ってしまう和道氏でございます。

最早《もはや》、用は済《す》んだとばかりに、そのままホウルを出て行こうとする骸惚先生。河上君が慌《あわ》てて呼び止めて。

「骸惚先生!?　どちらへ？」

「部屋だよ。着物を着替《きが》えなくては、いくら夏と言っても風邪《かぜ》をひいてしまうよ」

振り返りもせずにそう言って。濡れた体で部屋を出て。

骸惚先生が、何か言いたいことを我慢《がまん》しているという程度《ていど》のことは、河上君にも理解《りかい》できました。後を追おうとした時に、再び涼嬢に腕《うで》を摑《つか》まれたのでございます。

「涼さん？　どうしたンだい？」

「…………い」

何か小さく、小声でポツリ。聞き逃《のが》した河上君、末期《まつご》の声でも聞くように、耳を欹《そばだ》て、顔近付けて。

顔を赤々涼嬢が、も一度漏《も》らした一言は。

「……腰《こし》が抜《ぬ》けて立てないって言ったのよ」

その一言に、思わず吹《ふ》き出す河上君。涼嬢が抗議《こうぎ》の声をあげるよりも早くに、彼女を背負《せお》うと、どこか意気揚々《ようよう》と階段《かいだん》へと向かって歩き出したのでございます。

涼嬢を背《しょ》負った儘《まま》、部屋へと戻《もど》った河上君。

室内《なか》では着替えを終えた骸惚先生、頭の雫《しずく》を拭《ぬぐ》っておいでで。甲斐甲斐《かいがい》しくも澄《すみ》夫人が、帯の歪みを正しておりまして。

そこへ潑子《はっこ》嬢もやってきて。河上君を見るなり近付いて。不安一杯《いっぱい》の瞳《ひとみ》で彼氏を見上げたのでございます。

「兄様《あにさま》……。溌子、怖《こわ》いです」

「大丈夫《だいじょうぶ》。大丈夫だヨ、溌子ちゃん。すぐに骸惚先生が――」

精一杯《せいいっぱい》の虚勢《きょせい》を張《は》って河上君。溌子嬢の頭を緩《ゆる》やかに撫《な》でてやり。

「――いや、すぐに小生が解決してみせるからね」

これほどまでに頼《たよ》られれば、河上君とてもそれなりの《男気《おとこぎ》》を見せたくなるようでもございまして。

安心しきったというわけでもないのでしょうが、弱々それでもしっかりと、笑《え》み浮《う》かべる溌子嬢でございます。

そこへやってきたのは緋音嬢。彼女もすっかり着替えを終えて。

「骸惚先生！　説明して頂《いただ》けませンこと⁉」

「……なんのことだい？」

「はぐらかさないで下さらない？　俊幸様の死は自殺だなどと思ってはいらっしゃらないのではなくッて？」

「そうはっきりとは思っちゃいないよ。前田《まえだ》さんに俊幸氏の部屋で遺書《いしょ》を探《さが》してもらっている。その可否《かひ》が分かるまで結論を急ぐわけにはいかない。――まあ、どうせ無駄《むだ》だろうがね」

「なら、やっぱり骸惚先生は自殺だとは思ってないッてことじゃァないですか！」

「僕はただ――あの程度《ていど》の現場不在証明《アリバイ》なら崩《くず》しようがある、と思っているだけだ」

「アリバイトリックがあったということですのネ⁉　骸惚先生はそれをご存《ぞん》じなンでしょう？」

「トリックについては思うところがないでもないが……」

「そ、それを教えて下さいョ、骸惚先生！　そうすれば犯人《はんにん》だって――！」

「駄目だ。……と言うか無駄だ。犯人を特定することはできない。それに、余計《よけい》に分からなくなってしまうことだってある」

「だからと言ったッて、なんらかの捜査《そうさ》の足しにはなりますョ」

「それが嫌《いや》だから、僕は教えないんだよ。――素人探偵が殺人事件の捜査なんぞをしてはいけないんだ。探偵小説じゃあないのだからね」

「なッ――⁉」

自分たちの行っていることを頭から否定《ひてい》され、口籠《くちご》もってしまった河上君と緋音嬢。

「何故《なぜ》ですの、骸惚先生。何故、殺人事件《じけん》の捜査を悪いと仰《おっしゃ》るンですか？」

「殺人事件の捜査が悪いとは言っていない。素人《しろうと》がそれをすることはあってはならない、と言っているだけだ」

「どういう……意味ですの？」

「……いいかい？　殺人事件というのは、大なり小なり多くの人の人生に関《かか》わることだろう。だが、素人探偵《たんてい》は事件にしか関わらない。例えば、素人探偵によって解決された殺人事件がきっかけで別の事件の首謀者《しゅぼうしゃ》となってしまった人間がいるとしよう。素人探偵はそんなものには関わらない……と言うよりも関われない。己《おのれ》の責《せい》で人生を狂《くる》わされた人物がいるなどとは知らずに生きていくことだろうさ。人の一生を左右するかもしれない出来事に、その一生にならの責任《せきにん》も持たない人物がずうずうしくも関わるべきではないんだ」

「でも、骸惚先生。それは警察だって同じことではなくッて？　事件の捜査を担当《たんとう》した一警察官は、とてもじゃありませンけど、その事件の関係者の人生には関われませんワ」

「《警察官》はそうだろうさ。だが、《警察》という組織《そしき》は違《ちが》う。社会体制《たいせい》さえしっかりしていれば、その後の人生すべてに関わることができる」

反論《はんろん》の言葉が思い浮かばず、口を閉《と》ざした緋音嬢。悔《くや》しそうでもございましたが。

代わって口を開いた河上君。

「では、骸惚先生は、事件に関わるのをやめろと仰るンですか？」

「関わって欲《ほ》しくない、とは思っている」

「で、ですが和道さんには――」

先程、和道氏をきっと睨《にら》んだ骸惚先生からは、恰《あたか》も事件を解決してみせるとの決意が見えたかのようで、河上君なぞは飛び上がりたいくらいだったのではございますが。

「あれは、ちょっと彼を脅《おど》かしてやっただけさ。だが、目の前で人が殺されて黙《だま》っていられないという気持ちも分からないではない。――それに」

チョイト表情を和《やわ》らげ骸惚先生。どこか自嘲《じちょう》か苦笑《くしょう》に見えまして。

「──それに、《謎《なぞ》》を出されると、どうしても解明《と》いてやりたくなる気持ちだって分かる。僕だって探偵作家なのだからね、そういうことが嫌《きら》いなわけはないさ。……不謹慎《ふきんしん》とは自覚しているがね」

「で、では──⁉」

顔を明るくしたのは河上君。骸惚先生、重苦しい顔で一つ頷《うなず》き。

「黙認《もくにん》はしよう。……それにしても」

不愉快《ふゆかい》げに骸惚先生、未《いま》だ湿《しめ》った儘《まま》の頭を掻いて。

「自分でも言っていることが矛盾《むじゅん》している気がするなあ。情《なさ》けない話だ」

「よろしいのじゃありませんか、旦那様《だんなさま》」

そう仰るのは、微笑《ほほえ》み浮かべた澄夫人。

「人間、誰《だれ》しも手前勝手なものですもの。正義《せいぎ》だ理想だと唱えてらっしゃる方だとて、余所《よそ》から見れば悪にも愚《ぐ》にも見えることだってございます。まして、旦那様は聖人君子《せいじん》ではないのですから、多少の矛盾も致《いた》し方のないところではございませんか？　例えば、もし、わたくしが誰かに殺《あや》められた時、旦那様は犯人をお捜《さが》しになられます？」

「当然だ。どんなことをしても捜し出してみせるさ」

「わたくしのためにとそうされるのでしょうけれど、それだとて旦那様の勝手なお気持ちでございましょうに。犯人の方や関わった方々の人生はどうなるんですの？」

「それはそうだが……。僕は妻殺《つまごろ》しの犯人を放《ほう》っておくほど寛大《かんだい》な人間じゃあない」

「ほら、そういうことですわ。自分の思うように行動すればよろしいのです。それ以上のことを出来はしないのですから。仮令《たとえ》それが矛盾だ不正義だと誹《そし》られることがあったとしても、わたくしはそう仰《おつしや》って下さる旦那様だからこそ、添《そ》い遂《と》げようと思ったのですよ」

珍《めずら》しくも骸惚先生、はにかみ頬《ほお》を紅《べに》に染《そ》め。

「こ……こいつは、参ったな。まあ、確《たし》かに人間は逆立《さかだ》ちしたって神にも仏《ほとけ》にもなれっこないのだからね。思う通りに行動するしかない、か」

照れくさいのかこそばゆいのか、何度も頭を掻きむしる骸惚先生でございます。

「いやァ、お熱い。避暑《ひしょ》に来てるッてのに、これじゃァちッとも涼《すず》めませんヨ」

鴛鴦《おしどり》夫婦のご様子に、いつものお調子ッぷりでヘラヘラと。ついつい口を衝《つ》いてしまう河上君でございまして。

からかわれてチョイト《ムッ》としたのか骸惚先生、ジロリ半眼《はんがん》で河上君を睨んでは。

「少し真面目《まじめ》な話をするがね、これからも調査《ちょうさ》を続けるというのであれば、君らの行動が事件を起こしたなんてことにならないように気を付けたまえよ」

「――え？　それはどういう意味です？」

「犯人《はんにん》を――直明氏と俊幸氏の死亡《しぼう》が他殺だとしての話だが――犯人を追いつめるな、ということさ。君らに調べられていることを知った犯人が状況《じようきよう》を打破《だは》するために、本来ならば無用の行動にでることだって有り得るのだからね。それでは探偵が事件を起こしていることに外ならなくなってしまう」

「は、はい。充分《じゆうぶん》に気を付けます」

河上君が本当に理解《りかい》しているのかどうか、疑《うたが》わしげな目で彼氏を眺《なが》めていた骸惚先生でございましたが、ふと、何かにお気付きになったご様子で。

「ところで、先刻《さつき》から気になっていたんだが――」

河上君を見つめた儘《まま》で骸惚先生、どうにも面白《おもしろ》くないといった顔付きで。

「――なぜ、涼と潑子は河上君に縋《すが》り付いているんだい？」

骸惚先生が仰る通りに、河上君の両腕《りよううで》は、右も左も涼嬢と潑子嬢に握《にぎ》りしめられておりまして。両手に花のこの状況、改めて気付いて真っ赤になった河上君。

むろん、頬を染めたのは、彼氏だけではございませんで。突《つ》き飛ばすかのように、腕を離《はな》したのは涼嬢で。両手で顔を覆《おお》うは潑子嬢。

「そんな意地悪なこと仰るものじゃありませんよ、旦那様。昨日今日とお二人も亡《な》くなってらっしゃるのですから、誰だって不安にくらいなりますわ」

微笑み浮かべながらも骸惚先生を窘《たしな》めるのは澄夫人。

「そりゃあ、分からないでもないがね。なんだって、河上君なんだ？」

「あら、いやだ。旦那様ったら、妬《や》いてらっしゃるんですの？」

態《わざ》とらしくも大袈裟《おおげさ》に、真ん丸大きく目を丸くして。

問われて骸惚先生、日頃《ひごろ》なかなか見られない、情《なさ》けのない顔付きになり。

「河上君に嫉妬《しっと》するほど、僕は落ちぶれちゃあいないよ」

「あらあら。今更《いまさら》、そんな強がり仰っても、遅《おそ》いですわよ」

勝ち誇《ほこ》って澄夫人。反論の言葉も浮かばず、頭を掻くしかない骸惚先生で。

ついつい、笑みのこぼれるご一同でございました。

＊

「明け方には晴れていそうですわネ」

嵐《あらし》はどうやら峠《とうげ》を過《す》ぎて。

ぼんやり外を見つめる緋音嬢が仰る通りに、雨も弱まり、風止《や》んで。先刻までのざんざん降《ぶ》りが嘘《うそ》であるかのように、今ではしとしと細か雨。

多事多難《たなん》な一日も、あと小一時間で終わりを告げる頃合《ころあ》いで。

雨が大地を打つ響《ひび》きさえ、子守歌《こもりうた》にもなろうかと言うこの時間。

すっかり静まり返った館内《やかた》。

ところが、煌々《こうこう》、灯《あか》りが点《とも》る一室が。三階中央、緋音嬢のお部屋でございまして。そこに集まっているのは、緋音嬢に涼嬢、河上君の馴染《なじ》みの面子《メンツ》。

とてもではありませんが、ゆっくり眠《ねむ》るという気分ではないのでございましょう。

「涼さん、大丈夫《だいじょうぶ》かい？」

「子供扱《こどもあつか》いしないでよ。眠くなんてないわ」

河上君の心配も、涼嬢には侮辱《ぶじょく》に聞こえたようで。心外だとばかりに頬を膨《ふく》らませておいでではございましたが、元より彼氏の懸念《けねん》はそんなことではありませんで。

「いや、そうじゃァなくッて、事件《じけん》の話をして大丈夫かな、と。随分《ずいぶん》、怖《こわ》がってたみたいだったから」

「えっ？　あ、それは、だ、大丈夫よ。あの時は、ちょっと——ほんのちょっと、びっくりしただけなんだから」

《ほんのちょっと、びっくりしただけ》でないことは明白なのではありますが、それを素直《すなお》には言えない意地っ張りの涼嬢でございます。

安心したと、微笑《ほほえ》み頷《うなず》き河上君。天井《てんじょう》睨《にら》んで思案の淵《ふち》に入り込《こ》み。

「骸惚先生は——」

独《ひと》り言でも言うかのようにボソリ小さく呟《つぶや》いて。

「——何故《なぜ》、骸惚先生は俊幸さんの死を疑ったンだろう？」

「そうですわネ……」

腕を組み、緋音嬢も考え込んで。

「骸惚先生の思うところは妾《アタシ》には分かりませんワ。——でも、俊幸様の死に関しては妾《アタシ》もおかしいと思ったことが幾《いく》つかあるンですの」

「それは？」

「まず、俊幸様の体は骸惚先生も仰っていたように《ズブ濡《ぬ》れで冷え切って》いましたワ。奇《き》妙《みょう》とはお思いになりませン？　縄《なわ》を手《て》摺《す》りに結んで首に括《くく》る、飛び降《お》りるまでに躊躇《ちゅうちょ》している時間があったにしても、あれほど全身濡れ切ってしまうものでしょうか？　あれではまるで……数時間も風雨に晒《さら》されていたようでしたワ」

「つまり緋音さんは、俊幸さんの体が死のずっと前から二階の露台《バルコニー》にあったと思っているんですか？」

涼嬢の言葉に緋音嬢は小さく微《わら》笑って首を振《ふ》り。

「確信《かくしん》はありませんけどネ。それから、もう一点。俊幸様が吊《つ》られていた縄がだいぶ長かったンですの。縄の一方の端《はし》は、勿論《もちろん》、俊幸様の首に括られておりましたワ。でも、もう一方の端が——」

「え？　手摺りに結んであったのじゃないんですか？」

「いえ、結んではあったのですけど……。ホラ、縄で何かを結ぶと、結び目の両端に余り、、の部分ができるでしょう？　その一方に首を吊ったわけですけど、もう一方の余りの長さがすごく長かったンですのョ。それこそ、二階から地面に届《とど》くほどに」

「……？　確《たし》かに少しはおかしなことかもしれませんけど、首を吊のに——吊すにしても——きっちりとした長さというわけにはいかないのじゃありませんか？」

「……確かに、妾《アタシ》の考え過ぎかもしれませんわネ」

「アリバイトリックに関して、緋音さんは何か腹案《ふくあん》がおありですか？」

「正直言って、さッぱりですの。——涼サンは何かございまして？」

「……駄目です。わたしもまったく」

「河上サンは——河上サン？」

「ちょっと、太一。あンた、聞いてるの？」

天井を睨んだ儘《まま》、思案に耽《ふけ》っている彼氏を軽く突《つつ》いて涼嬢が。それで河上君はご婦人方《ふじんがた》に向き直り。

「小生、考えたンですが、実際にア、リ、バ、イ、ト、リ、ッ、ク、が、使、わ、れ、た、と仮定してみたらどうでしょうか？——現場不在証明《アリバイ》がある人物をこそ犯人《はんにん》として考えてみるンです」

河上君の提案には、見るべきところがあるとお思いになったのか。緋音嬢は大きく頷き、彼氏の言葉を補足《ほそく》して。

「現場不在証明《アリバイ》があるというと、あの時一階の居間《リビング・ルーム》にいた人物ですわネ。妾《アタシ》たちは除《のぞ》くとして、つまり——」

「はい、武揚さんと和道さんの二人です」

きっぱりはっきり言い切った河上君。それに異論《いろん》を唱えたのは涼嬢で。

「──ちょっと待って。あと、咲久子さんもでしょう？」

「いや、しかし、それは……」

涼嬢の言葉は納得《なっとく》できない──或《ある》いは納得したくはない──と感じて河上君。思わず嫌な顔を涼嬢に向けまして。彼氏の言葉を制《せい》して涼嬢は、そんなことは充分承知《じゅうぶんしょうち》だとばかりに頷いて。

「分かってるわよ。あの人が殺すようには見えないって言うんでしょう？　でも……」

「そうですわネ。河上サンのお気持ちも分からないではないですけど、そういった先入観はこの際《さい》、捨《す》ててかかった方がよろしいのではなくッて？」

ご婦人方の仰ることは尤もではございましたが、河上君の意には添《そ》わず。

「ですが、チョイト考えてみて下さい。アリバイトリックのために目撃者《もくげきしゃ》を作ろうとしたのならば、自分以外の人物をあの場所に呼《よ》ぶ必要があったンですよ？　でしたら、小生らを《招待《しょうたい》》することはできない咲久子さんは犯人ではありえないッてことになりませんか？」

意外や意外、河上君の見事な論調。緋音嬢も涼嬢も目を見開いて。

「言われてみれば、そうですワ。それならば咲久子サンは除外《じょがい》できますわネ」

感心した調子で緋音嬢は納得し。涼嬢も納得せざるを得ないと頷きはしたものの。

「……ずいぶん熱心に容疑《ようぎ》を晴らそうとするのね。まあ、だいぶ親しくしてたみたいだから、それも当然かしら？」

そッぽを向いて皮肉って。

そんな彼女の態度《たいど》に河上君は苛立《いらだ》って。ガリガリ頭を掻《か》きむしり。

「何を言ってるンだ、こんな時に。それじゃァ、君は咲久子さんが犯人なら嬉《うれ》しいのかい⁉」

「そう言うワケじゃ、ないけど……」

思わず飛び出た河上君の激しい口調に、涼嬢はビクリと身を硬《かた》くして。ほんの小さく、口の中で《ごめんなさい》と呟《つぶや》いて。残念ながら、河上君の耳には届《とど》いていないようではございましたが。

二人の様子に、吹《ふ》き出してしまったのは緋音嬢。河上君に微笑み向けて。

「河上サン、少し骸惚先生に似《に》てきたのではなくッて？」

「えへっ！　そうですか⁉」

緋音嬢からの嬉しいお言葉、照れて浮かれて破顔して。どうにも、こういうところは、ちッとも似ないようでございます。

気を取り直した涼嬢は、話を元に戻させて。

「だったら、その二人を、とりあえずの容疑者とするとして、やっぱり一番あり得そうなのは武揚だと思うのよね。動機の面から考えても」

「でも、涼さん。《殺人犯に動機は必要ない》と以前に骸惚先生が――」

「確《たし》かに言ってたけど、《動機があれば殺人を犯《おか》す可《か》能性《のうせい》が高くなるかもしれない》とも言っていたじゃない」

「《殺人犯に動機は必要ない。それよりも、確実に殺人を犯せるという状況が訪れたことにこそ問題がある》ということでしたわネ。でしたら、動機があるということは、それだけ確実に殺人を犯せるという状況を訪れさせようとするのではなくッて？　結果として、その状況が訪れる可能性も高くなる。骸惚先生のお言葉を借りれば、こういうことですかしラ。殺人の動機がない人でしたら、偶然《ぐうぜん》か事故《じこ》みたいなものでしか《その状況》は訪れないでしょうけど、動機がある人なら、人為《じんい》的に《その状況》を作り出そうとするかもしれないのですからネ。犯人の動機を考えることが、すべて無駄《むだ》だと言うわけではないでしょう」

「それにしたって、直明様はまだ分かりますけど、俊幸さんを何で殺害しなけりャならなかったンです？」

「そこですのよネ……。確かに直明様を殺害することは、武揚様にとっては意味のあることかもしれませンけど、俊幸様を殺しても発覚の危険《きけん》が増《ふ》えるだけで、何の得にもなりませんワ」

「例えば、子爵《ししゃく》には武揚より俊幸の方が相応《ふさわ》しいなんて話があったりはしませんか？」

「妾《アタシ》だって、日下の事情に精通《せいつう》しているというワケではありませんもの――見ている限《かぎ》りでは、そんな感じではありませんでしたけどネ」

「小生もそのお二人に比《くら》べれば、和道さんの方がマシという印象はありますからねェ」

「なによ！　あンた、あんな女ったらしの肩《かた》を持つの？」

「そう言うわけじゃァないけどサ、他《ほか》の二人に比べればって話だよ」

「妾《アタシ》としては認《みと》めたくありませんわネ。女を食い物にする類《たぐい》の人物が華族《かぞく》の当主に相応しいなどということは。――殿方《とのがた》にとっては羨《うらや》ましいのかもしれませンけど」

涼嬢のみならず緋音嬢にまで、冷めた視線《しせん》を向けられては、何とも立場のない河上君。

冷や汗《あせ》たらたら、寒気もゾクリ。自らの不見識《ふけんしき》を認《みと》めないわけにはいきませんで。

「こ、こりャア、小生としたことが、不用意な発言だったようです。と、ところで――」

その話題から逃《に》げ去るように、話を変えて河上君。

「混乱《こんらん》していたのか、小生チョイト記憶《きおく》が曖昧《あいまい》なンですが、俊幸さんの遺体《いたい》を見つけた時に、《二階の露台《バルコニー》》と言ったのはどなたでしたッけ？」

「はぁ――？」

あまりの話題の変わりッぷりに、ところでにもほどがある、と申しますか、咄嗟《とっさ》に反応《はんのう》を返すことのできない緋音嬢と涼嬢で。

河上君は《言い方が悪かったか》と頭を掻いて苦笑《くしょう》して。言葉を続けて付け足して。

「えぇッと、つまりですナ、俊幸さんの体が上から降ってきた時、骸惚先生が真っ先に《この部屋の真上は何処《どこ》だ》と聞かれましたよね？　それに《二階の露台《バルコニー》》と答えた方がいらっしゃったはずです」

「ええ、それは妾《アタシ》も憶《おぼ》えてますワ。でも、それが何か？」

「それッて、おかしくはありませんか？　だって、一階の居間《リビング・ルーム》は上の階のホウルと同じ場所に一回り大きく造られていますよね？　その真上と言ったら二階のホウルか、廊下《ろうか》になるはずですヨ。露台《バルコニー》はいわば外に飛び出しているわけですから、居間《リビング》の上ということにはならんと思うンですが。――まァ、実際《じっさい》に俊幸さんの遺体は露台《バルコニー》に吊《つる》されていたンですから、間違《まちが》ッちゃァいなかったンですけどね」

河上君の語る言葉を理解するに従《したが》って、ご婦人方《ふじんがた》は目を見開き、口も開き。驚愕《きょうがく》の表情で河上君を見つめ返したのでございます。

「そうか！　そうよ、あの時あの場所に一人だけ、俊幸が吊されているのは二階の露台だと知っていた人がいたってことよね」

「考えてみれば、《二階の》という言葉だっておかしいですわネ。露台《バルコニー》は二階にも三階にも同じ場所にあるのですから、三階から落ちてきたと言う可能性だってあったはずなンですもの」

河上君は、お二人《ふた》方《かた》の同意が得られて満足そうに頷《うなず》いて。

「それで、どなただったか憶えてませんか？」

問われて一転、二人とも。表情《かお》が固まり、次第《しだい》にだんだん暗くなり。

「……ごめんなさい、憶えてないわ。そもそも、あの時にそんなことを言ってた人がいたってことだって、憶えてないんだもの」

涼嬢はひどく悔《くや》しそう。唇《くちびるか》嚙んで項垂《うなだ》れて。眉《まゆ》を顰《ひそ》めて俯《うつむ》いて。尤《もっと》も、彼女を責《せ》めるのは酷《こく》と言うものでございましょう。

それほどにあの瞬間《しゅんかん》、涼嬢が受けた衝撃《しょうげき》は大きかったのでございます。

「妾《アタシ》もしっかりと憶えてはおりませんヮ。男性《だんせい》の声だったような気はするンですけど――」

涼嬢よりは、冷静であった緋音嬢とてこの始末。肩を竦《すく》めて自嘲《じちょう》して。

「――それでは何の参考にもなりませんわネ。なにせ、妾《アタシ》たちは武揚様か和道様を疑《うたが》っているンですもの」

「そうですか……。まァ、仕様がないですね、あの状況じゃァ。小生だって憶えていないわけですから、他人《ひと》のことを兎《と》や角《かく》言えませンしね」

落胆《らくたん》の吐息《といき》と共に腕《うで》を組み。視線を周囲《あたり》に彷徨《さまよ》わせ。再《ふた》び思案に耽《ふけ》る河上君。

複雑《ふくざつ》な視線でマジマジと、そんな彼氏を見つめた涼嬢は。

「それにしても、どうしちゃったの、あンた？」

「どう――ッて、何が？」

「先刻《さっき》から鋭《するど》いことばかりズバズバ言ってさ。……そんなの太一じゃないわよ」

何故《なぜ》か拗《す》ねたように言う涼嬢で。どこか同感と思ってらっしゃるのか緋音嬢、プッと吹《ふ》き出し、クスクス忍《しの》び笑いが止められず。

「――非道《ひど》い。そりゃァ非道いョ」

とは言いながらも河上君の顔には笑みで。《鋭い自分はらしくない》と己《おのれ》でも思ってしまうあたりが、情《なさ》けのないところで。

「やっぱりあンたは、鈍《ニブ》いくらいでちょうどいいのよ」

強気な口調で涼嬢にそうはっきりと言われてしまうと、頭を掻《か》きつつも《そんなものかな》と納得《なっとく》してしまう河上君でございます。

「ねえ、この際《さい》《離《はな》れ》に行ってみません？」

涼嬢がそんなことを言い出したのは、少々意見も行き詰《づ》まり、雄弁《ゆうべん》よりも沈黙《ちんもく》が部屋を支配《しはい》し始めていた時のこと。

「でも、あそこには立ち入るなと、和道さんが……」

「分かってるけど、だからこそ、あの《離れ》には何かがあるはずよ。他人《ひと》に見られて困《こま》るような何かが。この時間なら和道だって寝《ね》ているだろうし、良い機会だと思わない？」

「妾《アタシ》、そういうコソコソしたことは、正直好みじゃありませんわネ……」

「そうですか……」

緋音嬢の言葉には涼嬢も素直《すなお》に従《したが》えるようでございまして。肩《かた》を落として落胆し。

「でも、確かに良い機会かもしれませんわネ。何か重要な手掛かりが隠《かく》されている可能性だってあるわけですし。——ちょッとだけ行ってみましょうか？」

茶目っ気たっぷりに緋音嬢。上手《うま》い悪戯《いたずら》を思いついた少年のような顔をして。

「そうですか！」

意気揚々《ようよう》と涼嬢は、表情《かお》も明るく立ち上がり。そんな彼女の意気込《いきご》みに、図らずも冷や水をぶッかけたのは河上君。

「でも、鍵《かぎ》くらい掛《か》けているンじゃァないのかい？」

「あ……、それもそうか。何とか前田さんを言いくるめて、鍵を借りられないものかしら？」

「職務《しょくむ》には忠実《ちゅうじつ》な、真面目《まじめ》な人のようだから、無理なンじゃァないのかなァ」

「そうよねぇ……。見るからに堅物《かたぶつ》って感じだものね」

肩を落として気も落として。

「そんなに気を落とすこともなくッてョ。もしかして鍵を掛け忘れている――のを期待するのは虫が良すぎるかもしれませンけど、窓《まど》から覗《のぞ》くだけでも何か収穫《しゅうかく》があるかもしれませんワ」

年少者を元気づけるように、努めて明るく言った緋音嬢。さあ、と二人を促《うなが》して。

「――では、参りましょうか」

率先《そっせん》して部屋を出て行く緋音嬢でございました。

＊

時もゆるゆる夜半を過《す》ぎて。

丑三《うしみ》つ時には早くはあっても、日付は替《か》わり。

草木は眠《ねむ》らずとも人は寝ている館内《やかた》。

石油角燈《ランプ》に雨傘《あまがさ》下げて、ゆっくりこっそりお三人方《さんかた》。

随所《ずいしょ》に絨毯《じゅうたん》が敷《し》き詰《つ》められていたのは幸いで。忍《しの》ぶに然《さ》したる労力を必要とは致《いた》しませんで。

尤も、寝ている者に遠慮《えんりょ》しているのか、それとも誰《だれ》かに見咎《みとが》められるのを恐《おそ》れているのかは、実のところ当人たちでさえ判断《はんだん》のつかぬところではございますが。

漸う《ようよ》玄関《げんかん》前まで到達《とうたつ》すると、ほっと一息、気が抜《ぬ》けて。

ところが、一息吐《つ》くのを見越《みこ》したかの如《ごと》くに、闇《やみ》の中から声がして。

「どうかなさいましたか、緋音お嬢様——？」

《ひっ》と《きゃっ》と《うわっ》との三重奏《さんじゅうそう》。申し合わせたかのように、三人同時に身を竦《すく》め。

名前を呼ばれた緋音嬢、恐《おそ》る恐ると角燈《ランプ》で照らせば、闇の中から浮かんできたのは前田執事《しつじ》の小柄《こがら》な体。

「ま——っ!?　前田サン？」

「こんな夜更《よふ》けにお揃《そろ》いで、何か急用でもございましたか？」

裏返《うらがえ》った緋音嬢の声とは対照的に、前田執事は落ち着いた声。

「ええ……と、これは、その……何と言いますか……」

元より、騙《だま》す透《す》かす言いくるめるは彼女の領分《りょうぶん》ではございませんで。言葉に詰《つ》まって、モゴモゴと。

「そ――、そんなことより、前田サンこそ、こんな時間にどうなさったンですの？」

いくら何でも夜更けに忍んだ三人組の行動を《そんなこと》で片付《かたづ》けられるわけもございませんが、前田執事は疑う素振《そぶ》りも見せずに淡々《たんたん》と。

「私《わたくし》は和道様のお帰りをお待ちしております」

「和道様はどちらに――」

問いかけようとして、質問《しつもん》の余地《よち》がないことに気付いたのでございましょう。

「――と、聞くまでもありませんでしたわネ。《離《はな》れ》ですか」

「左様にございます」

三人組には、それぞれ落胆《らくたん》の色が見え。

「……それにしたって、灯《あか》りも点《つ》けずにいたンですの？」

「己《おのれ》のことで主家の財産《ざいさん》を浪費《ろうひ》するわけには参りませんので」

暗闇で灯りを点けることをすら浪費と言う前田執事に、河上君は感心するより呆《あき》れてしまい。

「一体、どれくらいお待ちになってるンです？」

「さて？　ごらんの通り、この暗さでは時計も見えませぬ故《ゆえ》。和道様がここで待てとお命じになられたのは、十時頃《ごろ》でございましたか」

「じゅッ⁉　十時ぃッ——⁉」

深夜《じかん》も忘《わす》れて河上君。素《す》っ頓狂《とんきょう》な大声で。

呆れ返ったのは河上君だけではないようで。緋音嬢も涼嬢も、前田執事《しつじ》を見つめるのは惚《ほう》けた顔で。

「それでは、二時間も待っていたンですの？　ここで、お一人で？」

いくら主《あるじ》の命令とはいえ、二時間もの間、暗闇の中ただ一人、まんじりともせず待ち続けていたなどと言われては、それは唖然《あぜん》も呆然《ぼうぜん》もしようもの。ところが、当の前田執事はそれが当然だと言わんばかりで。

「もう、それ程《ほど》の時間が経《た》っておりましたか。確《たし》かに少々お帰りが遅《おそ》いとは思いましたが、何分、私《わたくし》どもは《離れ》に近付くことを禁《きん》じられておりますので」

「そりゃァ、分かりますけどもねェ……」

溜息混《ためいきま》じりに河上君。忠実過《ちゅうじつす》ぎるのも考えものだと、思ってみたり。ですが、中には一人だけ、チョイト違《ちが》った感想を持った者もおりまして。

「ねえ……。こんな時間まで戻《もど》ってこないだなんて、もしかして……」

涼嬢のその声は、至極《しごく》小さなものではございましたが、怒号《どごう》よりも遥《はる》かに効果《こうか》的に河上君たちを凍《こお》り付かせまして。

「まさか——ッ！」

即断即決《そくだん》、果断即行、或《あ》いは粗忽《そこつ》な河上君。思うや否《いな》や玄関扉《とびら》に飛びついて。素早く外へと飛び出して。

雨は既《すで》に過ぎ去っておりましたが、雲は未《いま》だ居残《いのこ》りで。

月も星もなんにもない、闇の夜。

泥濘《ぬかる》む地面をびちゃびちゃぐちゃりと泥蹴《どろけ》って。駆《か》け寄った《離れ》は、ひっそりポツリと何時《いつ》もの様子《かお》で。室内《なか》には灯りも見受けられず。

何度か泥に足を取られつつも、建物に近づいた河上君。扉の把手《ノブ》に手をかけて。ところが、ガチャリと鈍《にぶ》い金属音《きんぞくおん》。見事に鍵《かぎ》が掛《か》かってて。

「駄目《だめ》だ。やっぱり、鍵が掛かッてるか」

言わずもがなのことを口にしながらも、窓に近付き張り付いて。目を凝《こ》らして室内《なか》の様子を探《さぐ》ろうとして。

そこに漸《よう》く追いついてきた、涼嬢、緋音嬢に前田執事。

「たっ、太一――っ!」

「河上サン、どうですの?」

「ご覧《らん》の通り、灯りは点いてないし、鍵も掛かってます。中の様子を見ようとしたンですが、暗くて分かりませんねェ。――角燈《ランプ》を貸《か》してもらえませンか?」

緋音嬢から角燈《ランプ》を受け取ると、窓から照らして室内《なか》を見て。

「う〜ん。どうも、ここから見える範囲《はんい》にはなンにもないみたいですねェ。和道さんの姿《すがた》もありませんヨ」

「——前田サン。《離れ《ここ》》も親鍵《マスター・キイ》で開くのでしょう？」

「はい。左様にございます」

「では、お持ち頂《いただ》けませンか？　和道様には申し訳《わけ》ありませンが、どうも非常《ひじょう》のようですワ。入らせて頂きましょう」

この際、四《し》の五《ご》の言わせるわけにはいかないと、緋音嬢は強い口調。一瞬《いっしゅん》、口籠《くちご》もりはしたものの、前田執事も雰囲気《ふんいき》を感じ取ったのでございましょう。

「しかし、……いえ、かしこまりました。只今《ただいま》、お持ち致《いた》します」

親鍵《マスター・キイ》を取りに向かう前田執事の後ろ姿を見送った後、河上君はぐるり周囲《あたり》を一眸《いちぼう》し。

「香月さん、小生、館の周りを見て参りますヨ」

今度は少し慎重《しんちょう》に、足下《あしもと》を気にしながらも《離れ》から離れて行きまして。

「ま、待って。わたしも行くわ」

小走りで追いかけてきたのは涼嬢で。

「え？　でも、……まァ、いいか」

躊躇《ちゅうちょ》はしたものの、すぐに思い返した河上君。涼嬢に手を伸《の》ばし。

「——暗くて危《あぶ》ないからね、摑《つか》まってヨ」

ニッコリ微笑《わら》ッてそう言って。

この台詞《せりふ》を分かって言っていい、い、い、るなら、それ以上も以下もないというものでございましが、額面《がくめん》通りの辞書通り。それ以上も以下もないのが、やはり河上君でありましょう

それでも嬉《うれ》しくはあるのか涼嬢は、彼氏の掌《てのひら》ギュっと握《にぎ》って。

この闇夜《やみよ》でさえなければ、頬《ほお》も耳も項《うなじ》までもが朱《しゅ》に染《そ》まっているのを見られたのですが。

それが夜の帳《とばり》に隠《かく》されたのは、彼女にとって幸運なのか不運なのか。サテハテ、分からぬところでございます。

「……なんだか、ちょっと不気味よね」

河上君に手を引かれ、館の周囲を歩き回るも涼嬢は、この闇夜が怖《こわ》いのか、それとも別の何かが怖いのか、彼氏の掌を握る力も強まって。

河上君はそれを《闇が怖い》と思ったようで。

「涼さんは東京育ちだからねェ。東京じゃァ、夜でも結構《けっこう》明るかったりするけど、小生の故郷《いなか》なんか、天気の悪い夜はいつもこんなもンだったヨ」

「へぇ〜。そうなんだ」

緋音嬢ほどではないにしろ、実家《いえ》を好きではないのは河上君も同様で。平井ご一家の前で、自分の故郷の話をするのは滅多《めった》になく。そんな彼氏の口から故郷の話がでるのを珍《めずら》しがってい
た涼嬢でありましたが――。

「……ねえ、灯《あか》りが弱くなってるんじゃない？」

「え？　あ、本当だ。油が切れそうになってるンだ。……参ったなァ」

彼氏の言葉を肯定《こうてい》するかのように、灯りは弱まり小さくなって。チカチカ瞬《また》き消えてって。

「ああ、駄目《だめ》だ。消えちゃッたヨ。――仕方《しかた》ない、一度戻《もど》ろうか？」

言って涼嬢を顧《かえり》みて。とは申しても、真っ暗闇《くらやみ》の真の闇。手をつないだ涼嬢の顔すらろくに見えない有様《ありさま》で。びちゃりぐちゃりと気分の悪い、足音だけが響《ひび》き渡《わた》り。

そのまま、暫《しばら》く歩いた河上君。ふとした拍子《ひょうし》に何かに躓《つまず》いて。

「うわッ――!?」

と叫《さけ》んで転がって。幸い涼嬢を巻《ま》き込《こ》むことだけは避《さ》けられましたが、自身は泥濘《ぬかるみ》にはまってドロドロで。

「な、何なンだ。まったく……」

口の中でブツブツと呟《つぶや》きながら、立ち上がりかけた河上君ではございましたが、そんな彼氏に涼嬢が、震《ふる》えた声で問いかけて。

「ね、ねえ……。今、あンたが躓いたのって、まさか……」

「え――？」

手探《てさぐ》りで躓いたあたりを探ってみると、そこには何か柔《やわ》らかな感触《かんしょく》。

まさかまさかと思いながらも、更《さら》に手を出しまさぐると。確かに見慣《みな》れた……いえ、触《さわ》り慣れた凹凸《でこぼこ》が。

窪《くぼ》みが二つに出っ張《ぱ》り一つ。加えて大きな穴《あな》一つ。

間違《まちが》いなく、《人の顔》でございまして。

「すッ――すすすすす……涼さん。呼《よ》ぶ……人、誰《だれ》か……」

声は出せても言葉にならず。

落ち着け落ち着けと自分に言い聞かせて、ゴクリと唾《つば》を飲み込んで。窒息間際《ちっそくまぎわ》の人のように
すぅと大きく息吸《す》って。

「涼さん！　誰か人を呼んできてッ！　――人が……人が死んでるヨッ！」

ダダダっと……いえ、びちゃッと涼嬢の駆《か》け出す音を耳にしながら、河上君は自分の言った
言葉に驚いて。

――人が死んでいる。

しっかと確認《かくにん》もしておらずも、半ば確信的に河上君はそう言ったのでございます。

そう。触《ふ》れた瞬間《しゅんかん》から、彼氏には分かっておりました。

――これは人ではない、と。

河上君が触《さわ》ったのは、かつて人であったものの残骸《ざんがい》で。者ではなく、最早《もはや》、物で。

それは――かつて、日下和道氏と呼ばれていたモノだったのでございました。

五章　未《イマ》ダ、嵐止《アラシヤ》マズ

「せッ、先生《せんせ》ェ！　骸惚《がいこつ》先生ッ！　たッたたたたたたたたた……大変ですョ〜ッ！」

　これ以上ないくらいの慌《あわ》てッぷりで河上《かわかみ》君が部屋に転げ込んだその時には。骸惚先生、寝台《ベッド》には入っておらずに。寝間着《ねまき》にすら着替《きが》えておらずに。暗闇《くらやみ》の中、紙巻煙草《かみまきたばこ》を煙《けぶ》らせていたのでございます。

　吸《す》い殻山盛《がらやまも》りの灰皿《はいざら》に、吸ってた煙草を押《お》しつけて。

「また誰《だれ》かが死んだのかい？」

「なッ――!?　なんで、それを？」

「君の慌て方でそうじゃないかと思っただけさ。それで、誰が死んだ？――武揚《たけあき》か？」

「え？　い、いえ、和道《かずみち》さんです」

「和道だと？　そうか……。ところで、何処《どこ》で誰がどうやって見つけたんだい？」

「そ、それは小生《しょうせい》が――」

　骸惚先生は河上君に事情を説明させつつ立ち上がり。和道氏の遺体《いたい》が発見された現場《げんば》に向かって歩き出したのでございます。

和道氏の遺体が発見されたのは、一階居間《リビング・ルーム》のすぐ外で。ちょうど、俊幸《としゆき》氏が吊《つる》された二階露台《バルコニー》のすぐ真下。そこは建物から一間（約一・八メートル）ばかりに煉瓦《れんが》が敷《し》かれておりまして。和道氏はその煉瓦敷きの所に体を仰向《あおむ》けに横たえていたのでございます。

河上君に案内されて。現場に到着《とうちゃく》、骸惚先生。

緋音嬢《あかねじょう》や前田執事《しつじ》に見守られながら、角燈《ランプ》の灯《あか》りに薄《うす》ぼんやりと照らされる和道氏の遺体を丹念《たんねん》に調べまして。それから上を仰ぎ見て。

「確《たし》かなことは言えないが、二階か、あるは三階の露台《バルコニー》から落下して、後頭部を強打したことが死因《しいん》だろう。そう何時間も前のことではないが、頭部から出血しているのに、血溜《ちだ》まりが出来ていないことからすると、まだ雨が降《ふ》っていた頃《ころ》だろうね」

淡々《たんたん》と、事務《じむ》的に骸惚先生が仰《おっしゃ》いますと。

「でも、骸惚先生。どうやったら、そんなところから墜落《ついらく》なンてできるンです？　和道さんは外に出ていったンですよ？　その後、戻ってきてはいないし、他《ほか》には二階に上がるどころか、建物の中に入る場所だってありませんョ」

「そんなことを僕《ぼく》に聞かれても困《こま》るね。僕はただ、最も蓋然性《がいぜんせい》の高そうな推論《すいろん》を口にしただけさ。——他には……そうだね、この場所で誰かに殴《なぐ》り倒《たお》されたという可能性《かのうせい》があるかな」

「それよりも——」

と口を挟《はさ》んだのは緋音嬢。

「妾《アタシ》には、この場所に和道様がいらしたことの方が不思議ですヮ。ここは、和道様が行くと仰っていた《離《はな》れ》とは、まるで正反対の場所ではありませンか——仰る通りにこの場所は、館《やかた》の西端《せいたん》で。一方、《離れ》は東の外れにございまして、まるっきりの逆方《ぎゃく》向。

「それこそ僕に聞かれたって困るよ。——ところで、和道氏は外へ出る時に、当然、傘《かさ》や角燈《ランプ》を持って出られたのでしょう？」

後半部分は前田執事に向けられたもので。

「はい。左様にございます」

短く答えた前田執事の言葉を緋音嬢が補足《ほそく》して。

「その二つとも、遺体の直《す》ぐ傍《そば》に落ちてありましたワ」

「そうか。と、すれば……」

何事か小さく独《ひと》り言を唱《とな》えながら、考え込んだ骸惚先生。それを河上君がせっついて。

「何か分かったンですか⁉　骸惚先生！」

河上君の言葉に骸惚先生、頭を掻《か》いて息を吐《つ》き。

「僕に分かったのは、分からないことが増えたってことだけだよ。——それよりも遺体を運んでしまおう。河上君、手伝ってくれ」

河上君にお命じになると共に、自ら和道氏の遺体を運び始めたのでございます。

遺体を地下室に運んだ後に。

一階、居間《リビング・ルーム》に灯りを点けて。

前田執事の淹《い》れたお茶を飲み。

どうにか河上君たちは一息吐くことができたのでございまして。

テーブル囲んで、骸惚先生、緋音嬢、涼《すず》嬢に河上君。真っ先に口を開いたのは河上君で。

「やっぱり犯人《はんにん》は武揚さんなンでしょうか？」

「……なぜだい？」

「一連の事件《じけん》は、日下《くさか》家の人々を狙《ねら》ったものですし、武揚さんが富《とみ》の独占《どくせん》を謀《はか》ったンだ、と考えれば納得《なっとく》もできるじゃァないですか」

「君が納得できるできないで犯人にされては、武揚氏も敵《かな》わないだろうね」

骸惚先生はひどく辛辣《しんらつ》な言い様で。口調もどこか不機嫌《ふきげん》そう。

「——第一、和道氏の死が他殺だという証拠《しょうこ》が何処《どこ》にあるのだい？」

「そ、それは……」

「では、骸惚先生はあれが事故《じこ》か何かだと思ってらっしゃるンですの？」

「他殺の可能性よりは高いと思っているよ。——それに、僕《ぼく》の見るところ、あの武揚氏の人物は、短気で無思慮《むしりょ》、無分別というところさ。衝動《しょうどう》的になら兎《と》も角《かく》、他殺の証拠を残さずに人を殺すなんて真似《まね》ができるとは思えないね」

かなり非道《ひど》いことをさらりと言う骸惚先生。とは言え、その人物評《ひょう》には反論の余地《よち》はなさそうで。

「それに多分、彼は小心者だ。威張《いば》り散らして隠《かく》してはいるがね」

「では、武揚さんは犯人ではない、と？」

「思わず咄嗟《とつさ》に一人、と言うのなら兎も角、じゃあこの際だから、後の二人も、と考える人間だとは思えないってことだよ」

「じゃァ、一体、誰が犯人だッて言うンですかッ!?」

「……そんなに、犯人が必要かね？」

苛立《いらだ》って語気を荒《あら》げる河上君に、つまらなそうに骸惚先生はそう言って。

「な……、何を言っているンです!?　当たり前じゃァないですか！」

「そうかい？　直明氏と俊幸氏は自殺。和道氏は事故。これだって、立派《りっぱ》な解決《かいけつ》だと思うのだがね」

「冗談《じょうだん》はやめて下さい！　骸惚先生だって、殺人の可能性を疑《うたが》っておいでなンでしょう!?」

「《僕が疑っていること》と《事実の究明《きゅうめい》をせねばならんこと》はまったくの別問題さ。僕がどう疑っていようと、それが事実に即《そく》しているわけではないのだからね」

「骸惚先生――」

口を挟んだのは緋音嬢。形のいい眉《まゆ》をキュっと引き上げて、決意も新たといったご様子で。

「——妾《アタシ》は、日下家に恩義《おんぎ》があります。香月《こうづき》としても、個人《こじん》的にも。ですから、日下の人々が殺害されたかもしれないとの疑いがあるのに、それを見て見ぬふりはできませんワ。仮令《たとえ》、それは自己満足だ、と言われようともです」

「……だが、君の行為《こうい》が、その恩義のある日下家の人物を犯罪者《はんざいしゃ》として獄《ごく》に繋《つな》ぐ結果となるかもしれないのだぜ？」

骸惚先生、頬杖《ほおづえ》ついて。意地の悪い仰《おっしゃ》りよう。

「……それでも、ですワ」

緋音嬢の決意を揺《ゆ》るがすことはできないと悟《さと》ったのか、骸惚先生、河上君に視線《しせん》を転じ。

「河上君はどう思って——と、聞くまでもないか」

半ばで言葉を止めて、頭を掻き掻き苦笑《くしょう》して。

「《犯罪が露見《ろけん》するのが、犯罪者のためでもある》と言うのが、君の持論《じろん》だったね」

「憶《おぼ》えて……おられたンですか」

「君にしては珍《めずら》しくも真摯《しんし》な意見だったからね。なかなか感心したものさ」

「いやァ。恐縮《きょうしゅく》です」

骸惚先生に褒《ほ》められて、照れ笑いの河上君。そんな彼氏に骸惚先生、半眼《はんがん》を向けて意地の悪い笑《え》み浮《う》かべ。

「普段《ふだん》の君を見ていると、どこまで本気だったのやら、と疑いたくもなるがねぇ」

「いや。……恐縮です」

しゅんと凹《へこ》んで河上君。

「——まあ、それは兎も角。君らがそこまで考えているのなら、僕も……協力させてもらうことにするよ」

「本当ですの、骸惚先生？　あ、有り難《がと》うございます。有り難うございます！」

「なあに、たんに僕も謎《なぞ》が謎のままでは気分が悪いというだけの話さ。つまり、結局のところ自己《じこ》満足なのだから、君に礼を言われるまでもないよ」

緋音嬢に何度も頭を下げられたのが照れくさかったのか、頬を撫《な》で。口元隠《かく》して、表情みせず。

「だが、すべては明日《あす》になってからにするとしよう——」

と骸惚先生、チラリ視線を横に向け。

「寝《ね》ている間に抜《ぬ》け駆《が》けされたと涼に騒《さわ》がれるのも敵《かな》わないからね」

口元緩《ゆる》めて、瞳は温《あたた》か。骸惚先生が見つめる先には涼嬢が。

先程《さきほど》から静かにしていると思っていたら、すぅすぅ可愛《かわい》らしくも寝息を立てて、どうやらすっかり夢《ゆめ》の中。

一息吐いたと同時に張《は》りつめていたものも途切《とぎ》れてしまったのでございましょう。

「さて、僕は涼を連れて行ったら、部屋に戻るとするよ。君らもいい加減《かげん》に戻って寝た方がいい。——疲《つか》れた頭で考え込《こ》んでいても、まともな案は浮かばないよ」

最後に付け加えたのは、ご自分に言い聞かせているようでもございまして。腰《こし》を浮《う》かせて立ち上がり、そっと涼嬢を抱《だ》き上げると、階段へと去っていったのでございます。

微笑《ほほえ》みながらそれを眺《なが》めていた緋音嬢。ポツリ漏《も》らした一言は。

「涼サンは羨《うらや》ましいですわネ——」

「——えッ？」

思わず聞き咎《とが》めてしまった河上君。

なにしろ、誰もが振り向く美貌《びぼう》の持ち主で。おまけに華族《かぞく》のご令嬢《れいじょう》。付け加えるならば、それを当てにせずともよい才覚の持ち主でもありまして。言った当人こそが羨ましがられる立場ではないかと思うわけでございます。

そんな思いが顔に出たのか、彼氏に対して小さく頭《かぶり》を振った緋音嬢。

「——ああして頼《たよ》り甲斐《がい》のある方が傍《そば》にいて、何時《いつ》も見守られている。けれど、それを押《お》しつけられているわけでもないンですもの。涼サンが骸惚先生という大樹《たいじゅ》で羽休めしている鳥なら、妾《アタシ》は首輪を千切ろうと足掻《あが》いている犬みたいなものですヮ」

緋音嬢の言葉はひどく寂《さび》しげ自嘲《じちょう》気味。更《さら》に河上君に微笑んで。

「それに、河上サンのように、甘《あま》えられる方も傍にいますしネ」

「い、いやァ、小生なんぞは叱《しか》られていることの方が多いですョ」

「それだって、涼サンなりの《甘え》ですわョ、きっと」

「そんなモン……ですかねェ」

「そんなモン、ですワ」

しきりに照れる河上君と、楽しげに微笑む緋音嬢。ですが、すぐにその微笑みも消え、表情《かお》はどんどん暗くなり。

「今では信じられないことかもしれませンけど、妾《アタシ》にとっては日下家のご兄弟というのは、そういう存在《そんざい》だったンですの」

「そうだったンですか⁉ あの……直明様だけじゃァなくて？」

「ええ。むしろ直明様が一番疎遠《そえん》な方でしたワ。当時、直明様は十七、八でしたから、五つや六つの女の子と遊ぼうとも思えなかったンでしょう。でも、武揚様や和道様とは、本当に仲が良かったンですのョ」

緋音嬢は往時《おうじ》を懐《なつ》かしむかのように、少し視線を彷徨《さまよ》わせ。少し顔を綻《ほころ》ばせ。

「武揚様は確《たし》か中学生で、その頃からあまり真面目《まじめ》な方ではありませンでしたけど、その分、妾《アタシ》や和道様をお屋敷《やしき》から連れ出して、方々へ遊びに連れて行って下さったりしましたワ。三人だけで浅草《あさくさ》に行って、《十二階》に登ったこともあるンですのョ」

緋音嬢の仰る《十二階》とは、浅草凌雲閣《りょううんかく》のことでございまして。明治・大正を通じて、日本で一番高い塔《とう》でして、中には世界の品物を並《なら》べた売店あり、美人コンテスト入賞者の写真や日清《にっしん》・日露《にちろ》の戦争ジヲラマが展示《てんじ》されていたりと、浅草の……いえ、東京の名物だったのでございます。かの江戸川亂歩《らんぽ》も愛したという、この時代《ころ》の一大観光スポットといったところでございましょうか。

その一方で付近には見せ物小屋有り、酒場有り、更には売春宿じみたものすら有りで、とてもとても上品な場所とは言えず。《魔窟《まくつ》》とすら呼ばれた場所なのでございます。

「そうだったンですか。チョイト信じられませんねェ。……あ、いえ、香月さんのお言葉を疑うわけではないンですが」

河上君が信じられぬと言ったのは、そんな場所に華族の令息令嬢が供《とも》も連れずに立ち寄《よ》ったことに対してではございましたが、緋音嬢は、日下のご兄弟の変貌《へんぼう》ぶりと思ったようで。

「構《かま》いませんワ。妾《アタシ》自身信じられないくらいなンですもの。あの愉快《ゆかい》でお優《やさ》しかった武揚様が一体どうしたら、あんな風になってしまうのか……。それとも、昔からあいった方で、妾《アタシ》に見る目がなかったッてことですかしらネ」

「そ、そうとばかりは限《かぎ》りませんヨ！　今だって、ええッと……う～んと……」

緋音嬢を元気づけようと、必死《ひっし》になって《武揚氏のいいところ》を探《さが》そうとする河上君で。ところが、これが一向見付からず。まァ、無理ないことではありますが。

緋音嬢は言葉の見付からないでいる河上君に微笑んで。……それは、とても悲しそうな笑みではございましたが。

「無理なさらないでもよろしくッてヨ？　妾《アタシ》にも今の武揚様のいいところなんて見付けられませンもの。……実は、妾《アタシ》が日下家と疎遠になってしまったのは、実家《いえ》の事情《じじょう》ということもあるンですけど、それだけじゃないンですの」

「――と、仰いますと？」

「先代の直宏《なおひろ》様の代になってからの日下家の風評《ふうひょう》は本当に非道《ひど》いものでしたヮ。武揚様や和道様のご乱行《らんぎょう》ぶりも含《ふく》めてネ。ですが、妾《アタシ》はそれを認めたくなかったンですの。昔を憶《おも》えばとても信じられる話ではありませんもの。でも、それが本当だったらと思うと、とてもではありませンけど、お会いして確認《かくにん》なんてできませンでしたヮ」

美しい思い出は美しい儘《まま》にしておきたかったということなのでございましょう。

ですが、緋音嬢は重苦しくも溜息吐《ためいきつ》いて、肩《かた》を竦《すく》めて苦笑《くしょう》して。

「確認……できてしまいましたわネ」

緋音嬢の口元は微笑んでおりましたが、その表情《かお》が河上君にはまるで泣いているように思えたのでして。ついつい勢《いきお》い込んで立ち上がり、力強くも声かけて。

「ま……、まだ分かりませんヨ、香月さん！」

「え――？」

「ホラ、骸惚先生だって仰っていたじゃァないですか、武揚さんが人を殺せるとは思えないって。まだ、小生らには分からない事実が隠されているかもしれないですし……そうだ！　日下家の人々を恨《うら》んでの犯行だとか、いろいろ可能性は残ってますョ！」

「……でも、それでは前田サンや咲久子《さくこ》サンを疑《うたが》うことになってしまいましてョ？」

「う――ッ⁉　そ、それは……」

「それに、もしそうだとしても、今の妾《アタシ》たちにはどうしようもありませんワ……」

緋音嬢とも思えぬ弱気で。とても気落ちで。今まで抑《おさ》えていた《弱み》を河上君に吐露《とろ》してしまい、それが引き金となったのでございましょうか。

「何を言ってるンですか、香月さん。らしくないですョ！　出来ることなら幾《いく》らだってあります！　例えば――そうです！　武揚さんを守るンですョ！」

「武揚様を――守る？　でも、どうやって？」

「部屋の前に突っ立っているだけだっていいンです。要は犯人《はんにん》を武揚さんに近付けさせなければいいンですから。それに、そのぅ……」

河上君が詰《つ》まらせた言葉を、緋音嬢は正確に洞察《どうさつ》したようで。

「それに、もし、武揚様が犯人だとしたら、これ以上の犯行だけは防《ふせ》げますものネ」

「いや、これは、その……」

「いいんですのョ、その通りですもの。――有《あ》り難《がと》うございます、河上サン。確《たし》かに妾《アタシ》らしくなかったみたいですわネ。お陰《かげ》で、元気がでましたワ」

「いやァ、それならなによりですとも」

そう言ってニッコリ笑った河上君を、緋音嬢は暫《しばら》く眺《なが》め続け。

それが延々《えんえん》続くに至《いた》って、チョイト不安になった河上君。

「あ、あの……どうかなさいましたンで？」

「あ――いえ、涼サンのお気持ちも分かるな、と思いましたの」

「涼さんの気持ち？　……一体、何のことです？」

「河上サンって、逆境《ぎゃっきょう》にお強いでしょう。並大抵《なみたいてい》のことではへこたれませンし、行動力だっておありですし。――つまり、頼《たよ》り甲斐《がい》があるってことですワ」

「ヤ、こりゃァ……なんか、くすぐったいですねェ」

「涼サンが甘《あま》えたくなるのもよく分かりますワ。潑子サンだってそうなのではなくッて？　ホント、羨《うらや》ましいですわネ」

「ですが、こんなこと言ッちゃァ失礼かもしれませんが……、香月さんは男に頼ったり甘えたりするのはお好きじゃァないと思っておりましたが」

緋音嬢は河上君の言葉に心外だとばかりに目を剝《む》いて。

「アラ、妾《アタシ》だって女ですもの。たまには誰かに頼ったり、甘えたりしてみたいと思いますワ」

頰杖《ほおづえ》をついたまま、河上君に向けて笑いかける緋音嬢には、例えようのない色気がございまして。ドギマギしてしまった河上君、顔も真っ赤でオロオロし。結局、彼氏のとった行動は。

「さ、さあ！ それでは、武揚さんをお守りに参りましょうかッ！」

と、話を逸《そ》らすことでございました。

《この、甲斐性なしがァッ！》というご批判《ひはん》は、――まァ、勘弁《かんべん》してやって下さいませ。

河上君を追って立ち上がった緋音嬢が浮かべた表情は、《微笑《びしょう》》と《苦笑《くしょう》》に《呆《あき》れ》を足して、そこに少々、《残念》を振《ふ》り掛《か》けたようなものでございました。

＊

時間《とき》は流れて、夜が明けて。

数日ぶりのお天道《てんと》様が、東の空から顔を見せ。

さんさん輝《かがや》く太陽が、未《いま》だ雫《しずく》を湛《たた》えた洋館を、キラキラ瞬《またた》かせ始めた、そんな頃《ころ》。

緋音嬢と河上君のお二人方《ふたかた》、館《やかた》の二階の一角に佇《たたず》んで。武揚氏の部屋の扉《とびら》をじっと見守り続けていたのでございます。

尤《もっと》も、それは緋音嬢に限《かぎ》った話で。河上君なんぞは、うつらうつらと船を漕《こ》ぎ。睡魔《すいま》に敗れて、意識《いしき》が遠のくことも早、数度。カクっと首が倒《たお》れて、いかんいかんと頭《かぶり》を振るのも、幾度《いくど》目《め》か。眠気覚《ねむけざ》ましに一つ大きく伸《の》びをして。ぐるりとゆっくり首回し。

そんな彼氏の目に飛び込《こ》んできた、ふとした違和感《いわかん》。

「あれ？」

問いかけられて河上君。廊下《ろうか》の奥《おく》を指さして。

「——どうかなさいましたの？　河上サン」

「小生、今まで気付かなかったンですが、露台《バルコニー》への扉が開いてませんか？」

河上君の言う通り、廊下の奥の西の端《はし》。北側向いた、露台《バルコニー》への扉が少し開いてて。薄暗闇《うすくらやみ》の廊下へ少し、光が射し込んでいるではありませんか。

「……もしかして、昨夜《さくや》から開いていたのかしラ？」

緋音嬢と河上君、二人で顔を見合わせて、扉へ向かって歩き出し。

「廊下が……濡《ぬ》れていますわネ」

扉の前で立ち止まった緋音嬢、視線《しせん》を下に向けて言い。

「本当だ……。ッてことは、昨日、まだ雨が降《ふ》っている内から、この扉は開いていたッてことになりますね」

「もしくは、濡れた誰《だれ》かがここから出入りした、と言うことですワ」

暫《しばら》く沈黙《ちんもく》、お二人方《ふたかた》。再《ふたた》び顔を見合わせて。計ったように頷《うなず》き合ってから、露台《バルコニー》への扉を押し開いたのでございます。

初めて、晴れた空から見る周囲の山々木々たちは、流石《さすが》に、絶景《ぜっけい》かな絶景かな、と言わんばかりでございまして。更《さら》には、葉に湛《たた》えた水滴《すいてき》が、朝の光を照り返しているその姿《すがた》は、この世のものとも思えぬ光景で。

見蕩《みと》れてしまった河上君は、暫《しば》しそのまま立ち尽《つ》くし。一方、緋音嬢は彼氏よりも散文的なのか、はたまた使命感に燃《も》えてか、そんな絶景には目もくれず。

「——何か、落ちてますわネ」

言うなり、露台《バルコニー》の片隅《かたすみ》に転がっていた、小さな瓶《びん》を手に取って。

「……何でしょうネ、これ？」

と小首を傾《かし》げ。

その瓶は片手《かたて》にすっぽり収《おさ》まる程度《ていど》の小さな瓶で。きっちり、蓋《ふた》がされていて、中は無色の液体《えきたい》で満たされていたのでございます。

「蓋を開けてみますか？」

小瓶を眺めながらも緋音嬢、河上君の言葉をチョイト思案し、検討《けんとう》し。

「……いえ。やめておきましょう。危険《きけん》かもしれませンもの」

「危険——ですか？　香月さんは、これが何かお分かりになりますンで？」

「いいえ。でも、薬か何かに見えますもの。でしたら、《離《はな》れ》にあったものかもしれませんワ。《離れには劇薬《げきやく》も保管《ほかん》している》と和道様が仰ってましたしネ」

「それもそうですか。小生も命がけで調べるのは、チョイト勘弁《かんべん》願いたいですからね」

「そう言うことですワ」

ほんの少し微笑《わら》い合い、再び廊下へと戻るお二人方《ふたかた》。

そんな時、二階《した》から上がってくる足音が。

お盆《ぼん》に載せた朝食を前田執事《しつじ》が運んで参りまして。

「これは、緋音お嬢様に河上様。おはようございます。武揚様にお食事を」

「アラ、前田サン。おはようございます。――ですが、お嬢様方は、こちらで何を？」

「はい、左様《さよう》でございます。

表情は一向に変わりませんが、前田執事の口調には、ちッとばかりに不信の響《ひび》き。

「あ、いえ。その、何て言いますか、武揚様の護衛《ごえい》と言うか……不審《ふしん》な人物が入り込んだりしないように、見張《みは》っておったンですョ」

その言葉は本当のことではございましたが、河上君が口にすると、どうにも言い訳《わけ》がましく聞こえてしまい。

（これじゃァ、小生が不審な人物だと思われるンじゃァなかろうか）

言っている当人すらもそう思ってしまうほどでございまして。

ところが前田執事は恭《うやうや》しくも頭を下げて。

「それは、本来でしたら、私《わたくし》どもがせねばならぬことでございます。厚《あつ》い恩情《おんじょう》、心より御礼《おんれい》申し上げます」

とまで言うものですから、河上君なんぞは妙《みょう》に慌《あわ》ててしまい。

「い、いやァ、小生らもこれ以上、人の亡《な》くなるところなぞは見たくありませんから」

「左様にございますな。私もお仕えすべき方々をお守りすることもできずに、本来ならば死を以《もっ》て償《つぐな》わねばならぬところでございます」

「何を仰ってるンですの、前田サン。お守りする方はまだ、いらっしゃるじゃありませんか。武揚様に——それに、東京のお屋敷《やしき》には直明様のご子息《しそく》もいらっしゃるのでしょう?」

「はい。榮様《さかえ》でいらっしゃいますな。——お二人方《ふたかた》をお守りできねば、この老体に何の意味もございません」

「そうですとも! 落ち込んでる暇《ひま》なんてありゃしませんヨ!」

両の拳《こぶし》を握《にぎ》りしめ、明るく陽気に河上君が言いますと、驚《おどろ》いたことに前田執事は、ふっと表情和《やわ》らげて。

「そうですな。では、まずは武揚様を餓死《がし》などさせないようにすることに致《いた》しましょう」

と冗談《じょうだん》らしきことまで言って、河上君たちの目を丸くさせたのでございます。

《コッコツ》扉《とびら》をひと叩《たた》き、前田執事のノックの音に反応《はんのう》し、室内《なか》から聞こえてきたのは、不《ふ》機嫌《きげん》そうな武揚氏の声。

「……なんだ」

素早《すばや》く返答を返すところをみると、武揚氏も一睡《いっすい》もできていないのかもしれません。

「前田でございます。お食事をお持ち致しました」

ガチャリと鍵《かぎ》の開く音。その直後には扉も開き、目を赤くした武揚氏の顔が現れて。

廊下《ろうか》に佇《たたず》む緋音嬢と河上君をひと睨《にら》み。それでも口に出しては何も言わずに、盆ごと食事を受け取って。すぐに引っ込む武揚氏でございます。

そして再びガチャリと鍵の掛かる音。やはり、骸惚先生の仰る通り、案外、小心者なのかもしれません。

職務《しょくむ》を終えた前田執事は、くるりと緋音嬢たちを振り返り。

「三階に朝食のご用意ができております。お嬢様方も一度お戻《もど》りになられてはいかがですか？」

「そうですわネ。そうさせて頂《いただ》きましょうか」

一つ頷《うなず》き緋音嬢。河上君を伴《ともな》って、三階《うえ》への階段《かいだん》へと歩を進めたのでございます。

河上君と緋音嬢、二人揃《そろ》って三階へ。ホウルの扉を開いた時には、平井のご一家皆様《みなさま》揃っておりまして。

二人も席に着きまして、いただきますと食べ始めて、食事中。

「――河上君。昨夜は結局、部屋には戻ってこなかったようだが、一体、何処《どこ》でどうしていたのだい？」

骸惚先生、問いかけて。何故《なぜ》かそれに、びくりと身を硬《かた》くしたのは涼嬢で。

「あ、いえ。一晩《ひとばん》中、香月さんと一緒《いっしょ》に――」

河上君の言葉が終わるのも待たずに涼嬢は、ガタリと椅子《いす》を蹴倒《けたお》して、素《す》っ頓狂《とんきょう》な大声で。

「一晩中、緋音さんと一緒にぃぃぃぃぃぃぃ——っ⁉」

「錯乱《さくらん》するな馬鹿者《ばかもの》」

ひどく呆《あき》れた冷たい声で、涼嬢を制《せい》する骸惚先生。

「この河上君に、そんな甲斐性があるはずがなかろうが」

「あ。それもそうよね……」

納得《なっとく》してしまって、椅子を正して座《すわ》り直す涼嬢で。

誤解《ごかい》されずに済《す》んでホッとはするものの、その程度《ていど》で納得されてしまうのも、男としてはちッと情《なさ》けのない思いもしてくる河上君でして。

「昨晩、妾《アタシ》と河上サンは、武揚様の部屋の前にいたンですの——」

苦笑いしつつも緋音嬢、昨夜の事情を説明し。

話が今朝の露台《バルコニー》のことに至《いた》った時に。

「——これが、露台《バルコニー》で見つけた瓶《びん》ですの」

小瓶を骸惚先生に差し出しお渡《わた》しし。

「骸惚先生はどういうものかお分かりになりませんか？」

期待に満ちた瞳《ひとみ》で骸惚先生を見つめたものの、当の骸惚先生は肩竦《かたすく》め。

「いいや。——第一、僕《ぼく》にこういったことでの専門知識《せんもんちしき》を求められても困《こま》る。むしろ、河上君の方が詳《くわ》しいのじゃあないのか？」

「い、いや、小生、文科ですので、薬品に関してはチョイト……」

話を向けられ河上君、面目《めんぼく》ないと頭を掻いて汗《あせ》掻いて。

「まあ、どちらにしろ、蓋《ふた》を開けずにいたのは正解《せいかい》だろう。香月君の考えた通り、危険《きけん》な劇薬《げきやく》と言う可能性《かのうせい》だってあるのだからね」

「では、この薬――か、どうかは分かりませンけど、この瓶はどうしたらよろしいと思います？」

「専門家に見てもらうのが一番なんだが……結局、警察《けいさつ》に渡すしか、ないんじゃあないかな。――しかし、その《離《はな》れ》とやらには一度行ってみた方がいいかもしれないね。話を聞く限《かぎ》りじゃあ、そうとう他人《ひと》に近付かれるのを嫌《いや》がっていたみたいじゃあないか」

「ええ。あの様子はチョイト尋常《じんじょう》じゃァありませんでしたョ」

「とすると、余程《よほど》、人に知られたくない薬でも抱《かか》え込んでいたか、もしくは――」

骸惚先生のお言葉は、廊下から聞こえてきた別の音によって遮《さえぎ》られてしまいまして。

ドタドタバタバタ足音が。

何事だと、一同が扉に注目した瞬間《しゅんかん》、見たこともないものが飛び込んできたのでございます。

それは、慌てふためく前田執事でございまして。

ハァハァハァ息荒《あら》く。鼓動《こどう》を押《お》さえ込《こ》むかのように、自分の胸《むね》に手をあてて。

「あ、緋音お嬢様――！」

「ま、前田サン!?　ど……、どうかなさいましたの？」

大きく息を吸《す》い込んで、前田執事の口から出た言葉は。

――武揚様が亡《な》くなられました。

六章　探偵作家《タンテイサッカ》ハ探偵《タンテイ》ニ非《アラ》ズ

その言葉の意味を河上君が理解《りかい》するためには、随分《ずいぶん》長い時間を必要と致《いた》しまして。

それはどうやら、話を聞いたすべての人が同様だったらしく。

誰《だれ》もが言葉を発することもなく、指先一つ動かすこともなく。

それでもどうにかいち早く、我《われ》に返った緋音嬢《あかねじょう》。椅子《いす》を飛ばして立ち上がり。

「な——!? なんですって！」

前田執事《まえだしつじ》に駆《か》け寄《よ》ろうとした、その時に。

ふらり蹌踉《よろ》めき、ばたりその場に頽《くずお》れてしまったのでございます。

「緋音さんっ！」

「だ、大丈夫《だいじょうぶ》ですかッ！」

皆、一斉《いっせい》に駆《か》け寄って。

「香月《こうづき》さん！　大丈夫ですか!?　しっかりして下さいヨッ！」

緋音嬢を支《ささ》え上げた河上君《かわかみ》が、頻《しき》りに声かけて。すると緋音嬢の青ざめた顔の下、震《ふる》えた口の元から聞こえてきたのは、弱々しい声。

「河上サン……。妾《アタシ》たち……妾《アタシ》のしたことは無駄《むだ》だったンですの……？」

信じられぬことですが、彼女の白い頬《ほお》の上には、涙《なみだ》の雫《しずく》が一筋《ひとすじ》流れ。

「妾《アタシ》は……何のために……」

「香月さん、そんな……」

何か一言かけたくて、口を開いた河上君ではございますが、緋音嬢の涙の前では何を言えるわけもなく。

「——落ち着け、香月君。君らのしたことは無駄《むだ》じゃあない。少なくとも、君らが見た時まで、朝食を受け取るまでは武揚氏は生きていた。つまり、この数十分の間に彼の身に何かが起きたということだ。それだけは、確《たし》かだ」

骸惚先生の言葉は、勿論《もちろん》、緋音嬢を元気づけるためのものであったのでしょうが、そんなことは緋音嬢にだって分かっていたことでございまして。それでも尚《なお》、己《おのれ》の無力さに涙していたのでございます。

「そんなこと……そんなことが分かって何になると言うンです！　もう、すべて……すべて終わってしまったンですのヨ！」

感情を抑《おさ》えきれずに緋音嬢。大声張《は》り上げ、怒鳴《どな》り声。それに対して骸惚先生、表情《ひょうじょう》をギリっときつくして。彼女に劣《おと》らぬ大声あげて。

「そうだ、もうすべて終わったことだ！　そうだとしても調べ続けると言ったのは君自身じゃあなかったのかね！　あの時の決意は何処《どこ》かに捨《す》て去ってしまったのかっ！」

骸惚先生の一喝《いっかつ》で、押し黙《だま》った緋音嬢。ゆるりよろりと起きあがり。涙をグイっと拭《ぬぐ》い去り。

「……そう――でしたわネ。確かに、その通りでしたワ。……さあ、武揚様のご遺体《いたい》を見に参りましょう」

そう言って歩き出そうとした緋音嬢の肩《かた》を掴《つか》んだのは、骸惚先生でございまして。

「駄目だ。君は部屋に戻って休むんだ。――君は疲《つか》れている。体も……心もだ。そんな状態《じょうたい》では、何の役にも立たない」

はっきりと言い切った骸惚先生でしたが、これは先生なりの思い遣《や》りであったのでございましょう。澄《すみ》夫人を振り返り。

「澄。香月君を部屋に連れて行って、休ませてくれ」

「で、ですが、骸惚先生……」

尚も渋《しぶ》る緋音嬢に、骸惚先生は重ねて言い募《つの》り。

「武揚氏の遺体は僕が――河上君とで見に行ってくる。兎《と》に角《かく》、君は休め」

「父様《とうさま》、わたしも――」

「お前も駄目だ。理由は自分で分かっていることと思うがね」

「う、……分かったわ」

言い出したにも拘《かかわ》らず、固執《こしゅう》せぬところをみると涼《すず》嬢も分かっておいでなのでしょう。

死体を見た時に、また混乱《こんらん》せぬとも限らないと言うことが。

「さあ、行こうか河上君」

河上君に一声かけて、骸惚先生は廊下《ろうか》へと歩み出たのでございます。


武揚氏の遺体は部屋の中。ばたり俯《うつぶ》せに倒れておりまして。倒れた時に巻《ま》き込んだのか、円形小型のテーブルもゴロリとその場に転がって。テーブルの上に置かれていたのでございましょう、朝食の食器と灰皿《はいざら》もあたりに散らばって。武揚氏の体の周囲には紙巻煙草《かみまきたばこ》の吸《す》い殻《がら》が散乱《さんらん》していたのでございます。

「駄目だ……本当に死んでいる」

武揚氏の体を検《あらた》めて、首を振りつつ骸惚先生仰って。

「死因《しいん》は……何なンですかね？」

「外傷《がいしょう》はないようだね。と、すれば急な病《やまい》か、或《ある》いは――毒か」

「ど、毒殺ぅ⁉　ま、まさか食事に――⁉」

河上君がそう言ったのは、至極単純《しごくたんじゅん》な連想からでしたが、それに狼狽《うろた》えたのは前田執事で。

「と、当家の賄方《コック》が武揚様のお食事に毒を盛《も》ったと仰《おつしや》いますか⁉」

「前田さん、この粗忽者《そこつもの》の言うことを真《ま》に受けることはありませんよ。何も食事に盛られていたとは限らない。――それよりも、武揚氏に持病があったとか、そう言う話はありません

か？」

「い、いえ。極《きわ》めてご健康でいらっしゃいました」

「――で、しょうね」

問いかけておきながらも、そんなことは疾《と》うに分かっていたとばかりに骸惚先生。

「では、発見までの詳《くわ》しい状況《じょうきょう》を教えて頂《いただ》けませんか？」

問いかけられて前田執事は、幾度《いくど》かの深呼吸《しんこきゅう》。

「はい。私《わたくし》は八時に武揚様のお部屋に食事をお持ち致しました。八時半に食器を取りに参ったところ、お返事がありませんでした。昨日から不幸が続いておりました故《ゆえ》、私も不安になり、すぐに親鍵《マスター・キイ》を取って参りました。鍵を開けて中に入ったところ、武揚様が倒れてらっしゃるのを見つけたのでございます。声をかけてもお返事もなく、息もなかったものですから、慌《あわ》てて緋音お嬢様《じょうきま》にご報告《ほうこく》にあがりました」

大分落ち着いてきたのか前田執事はいつもの調子を取り戻し。理路整然に淡々《たんたん》に。

「真っ先に我々《われわれ》のところに参ったのですね？」

「はい。あ、いえ、緋音お嬢様や平井様は、こ、こういったことにお詳しい方だとお見受け致したものですので、ここはご判断《はんだん》を仰《あお》いだ方がよろしかろうと考え、ご報告させて頂きました。……ですが、私の短慮《たんりょ》だったようでございます」

緋音嬢を気にかけていらっしゃるのか、最後にそう付け加え、小さな吐息《といき》を漏《も》らしたのでございます。

「あれは自業自得《じごうじとく》みたいなものです。あなたが気にすることではありませんよ。——ところで、確《たし》かに鍵はかかっていたのですね？」

「それは間違《まちが》いございません。ノックしてもお返事がなかった時に、一度扉《とびら》を開けようとし、それができなかったので、親鍵《マスター・キイ》を取りに参ったのでございます」

「そうですか……」

返事するなり骸惚先生、顎《あご》に手を当て考え込んで。沈思黙考《ちんしもっこう》、思案して。

相も変わらず堪《こら》え性《しょう》がないのが河上君。勢《いきお》い込んで言い寄って。

「どうなンです!?　何か分かったンですか、骸惚先生？」

「あのねぇ……。これで何を分かれと言うんだい」

無理矢理《むりやり》思考を中断《ちゅうだん》されて、少し苛《いら》つき不機嫌《ふきげん》そうに。

「——兎も角、遺体《いたい》は運んでしまうとしよう」

武揚氏に近付いて、遺体に手をかけ仰向《あおむ》けにして。

「……おや？」

と声をあげたのはそんな時。

「どうしたンですか？」

「……これはなんだろうね、胸《むね》のところに黒い……染《し》みかな？」

骸惚先生が目を付けたのは、武揚氏の胸の所《とこ》。白の襯衣《シャツ》にポツリと小さく黒い染み。

「焦《こ》げ目のような……ああ、そうか。紙巻の灰《はい》だ」

それは、紙巻煙草を押しつけでもしたかのような、黒い跡《あと》。

骸惚先生、再《ふた》び何かを考え込んで、キョロキョロ周囲《あたり》を見回して。

床《ゆか》に散乱《さんらん》している煙草の吸い殻の中から、武揚氏の体の下で潰《つぶ》されていた一本だけを拾い上げたのでございます。

「あの、どうかしましたか、骸惚先生?」

「いや……ちょっと気になっただけだ。何でもない」

言いつつも、拾った吸い殻を着物の袂《たもと》に仕舞《しま》う骸惚先生で。

「それよりも——早く、運んでしまおう」

と再び、武揚氏の遺体に手をかけたのでございます。


一階、倉庫の更《さら》に地下。

ホテル時代には食料、雑貨《ざっか》が収《おさ》められてた地下倉庫。

そこには遂《つい》に四つ目の遺体。日下の四人の兄弟が、ズラリ並《なら》んで寝《ね》かされて。

無論《むろん》、すべての遺体には布《ぬの》がかけられ、直接姿《ちょくせつすがた》を見ることはできませんが、それでも間違いもなく、そこにあるのは人の体。——或《ある》いは残骸《ざんがい》。

骸惚先生、重く苦しくも溜息《ためいき》吐いて。

「やれやれ――。血を分けた兄弟が仲良く並んだのが、死体になってからだとは……つくづく、救いのない話だな」

「そうですねェ……。こういうのを見てしまうと、も少し家族とは仲良くすべきかと思ってしまいますヨ」

「まったくだよ。君も親を好いてはいないようだが、あの世で仲直りしても仕方がないのだからね。たまには顔の一つも見せてやりたまえ」

「そうですね――」

感慨深《かんがいぶか》げに河上君。言いつつ気付いた、ふとした違和感《いわかん》。

「あれ？　何か……臭《にお》いませんか？」

「臭う……？　死臭《ししゅう》ではないのかい？」

「いえ、そういうのではなくッて……。武揚さんからでしょうか、何か――？」

河上君は、頻《しき》りに鼻をひくつかせ。骸惚先生も彼氏に倣《なら》って武揚氏の体に顔近付けて。

「確かに、言われてみれば何か臭う気もするね。……何だろうか？」

またもや思考の淵《ふち》にはまりかけた骸惚先生。それを阻《はば》んだのは、頭上から聞こえてきた涼嬢の声で。

「父様《とうさま》？　いるの――？」

階段上から首だけ突《つ》き出し、なるべく中を見ないようにしていた涼嬢で。

それに応《おう》じて骸惚先生、

「ああ、いるよ。すぐに上がるから、お前は入ってくるんじゃあないぞ」

振り向き階段の上を見て、頭をひと掻き、声かけて。

「――出ようか、河上君。分からないことは、いくら考えても分からないよ」

「そうですね」

二人が上がってくるのを待ちかまえていた涼嬢は、骸惚先生を仰ぎ見て。

「ねえ、どうだったの？」

「どう――と言われてもね。確かに死んでいた、としか言い様がないよ。それよりも、そっちの方こそどうなのだい、香月君の様子は？」

「あ、うん。今は落ち着いて、部屋で休んでるわ。母様が看《み》てるから大丈夫《だいじょうぶ》だと思うけど」

「ならば、そちらは心配ないだろう。――では、僕《ぼく》たちはもう少し調べてみることにするか」

「なんだか……父様、急に積極的になってない？」

「一日二日で四人も死者が出て、それがすべて事故《じこ》や自殺だと思うほど、僕は脳天気《のうてんき》じゃあないよ。事実を知りたいと思っているのは僕だって同じさ」

言っておきながらも骸惚先生、顔顰《しか》め。

「……殺人事件《じけん》というのは、本来、そんなつまらん好奇心《こうきしん》で首を突っ込《こ》むことではないのだが

——まあ、昨夜、香月君には協力すると約束してしまったし、調べることは調べるさ」

続いて軽く、肩竦め。

「——尤《もっと》も、それを公表するかどうかは、別の話だがね」

骸惚先生がさらりと口にしたその言葉に、河上君は目を剝《む》いて。

「じゃァ、骸惚先生は、真実を誰《だれ》にも漏らさないと仰るンですか⁉」

「状況《じょうきょう》によってはそういうことも有り得る、という話さ。——それにね、《真実》なんてものは人それぞれにあって然《しか》るべきものだよ」

「でも、真実はいつも一つじゃァ……」

納得《なっとく》いかない素振《そぶ》りを見せる河上君に、骸惚先生は首を振り振り言い聞かせ。

「《唯一無二《ゆいいつむに》の真実》なんてものは、多分、この世には存在《そんざい》しないよ。あるとすれば、それは《事実》だろう。起きてしまった出来事は単一だが、それを各個人《こじん》がどう理解《りかい》し、どう納得《なっとく》するかはまったく異《こと》なる場合だってある。例えば、僕がここで尤もらしい推理《すいり》をしたら、君らはそれを《真実》だと思い、納得するだろう。だが、それが《事実》に即《そく》しているとは限《かぎ》らない。それでも、僕がそう信じているのだから、君を騙《だま》しているのじゃあないし、君も騙されているわけじゃあない」

「そりゃァ、そうかもしれませんが……」

「——いいかい、河上君。探偵《たんてい》の言うことは《真実》だが、《事実》だとは限らないんだ。探偵は自分が納得できてしまえばそれでいいのだからね。それこそが、僕が《素人《しろうと》探偵が犯罪捜《はんざいそう》査《さ》をしてはならない》と言う理由なんだ」

河上君から反論《はんろん》が出ぬのを見て取って。

「探偵小説では、探偵は《事実》を言い当てるわけだが、現実《げんじつ》ではそうはいかない。捜査する側の《真実》が罷《まか》り通ってしまう。だからこそ、冤罪《えんざい》がなくならないんだ」

肩《かた》を落として意気消沈の河上君に、骸惚先生、自嘲《じちょう》気味に苦笑《くしょう》して。

「尤も、そんな偉《えら》そうな口を叩《たた》きながら、僕自身こうして自己《じこ》満足のために犯罪捜査をしてしまっているのだからね、大きなことを言えたものじゃあないさ。――それでも、みすみす誰かを不幸にすると分かっていながら、《真実》なんてつまらないものを公表する気にはなれないんだよ」

骸惚先生は河上君の肩をポンとひと叩き。顔を上げた彼氏に、

「僕は、君にもそう言うことを理解した上で行動してもらいたいと思っているんだよ」

元気づけるように優《やさ》しく言ったのでございました。

＊

再び事件の調査を開始。

骸惚先生は一階、直明様の書斎《しょさい》へ行って。

河上君は外へ出て。涼嬢も彼氏に同道し。向からは、和道氏の《離《はな》れ》。前田執事から預《あず》かった鍵《かぎ》で、ガチャリ扉を開け放ち。初めて中へと踏《ふ》み込んだのでございます。

「うっわ〜、こりゃァ結構《けっこう》なものだなァ」

足を踏み入れた河上君が思わず漏らした感嘆《かんたん》の声。

《離れ》の中は壁《かべ》一面を覆《おお》い尽《つ》くさんばかりに棚並《たななら》び、所狭《ところせま》しと大小様々、多数の瓶《びん》。

瓶の中身は液体《えきたい》だったり、粉末だったり、錠剤《じょうざい》らしきものもありで。実に多種多様でありまして。それら瓶の多くには、紙が貼《は》られて名称《めいしょう》書いて。

「香月さんは《片手間《かたてま》に趣味《しゅみ》の一環《いっかん》》ッて言っていたけど、随分《ずいぶん》、本格《ほんかく》的に研究《や》ッてたみたいだなァ」

「まだ、分からないでしょ」

先《さき》んじて中へと入っていた涼嬢は、面白《おもしろ》くもなさそうに、瓶を取ったり置いてみたり。

「涼さん、あンまり弄《いじ》らない方がいいと思うヨ。万が一ッてこともあるし」

河上君に注意を促《うなが》されると、慌《あわ》てて手を引っ込め、不安顔で彼氏を振り向く涼嬢で。

「な、何か危《あぶ》なかったりするの……？」

「紙に書いてある名前が本当ならね」

河上君が指さす先には、青酸《せいさん》、砒素《ひそ》に石灰酸《せっかいさん》。セレンに亜鉛《あえん》に硫酸《りゅうさん》、塩酸、クロロホルム。

更には、毒人蔘《どくにんじん》から梅蕙草《ばいけいそう》、鳥兜《とりかぶと》に別刺敦那《ベラドンナ》。

どれもこれも、使い方一つで人を殺《あや》めることすらできる劇薬でございます。

「そ、そう……」

うそ寒そうに顔を白くし、棚から離れた涼嬢は、一つ置かれた机《つくえ》の方へと足を向けまして。

引き出し引っ掻き回して、紙やら書き付けやらを引っ張り出して。片っ端から眺《なが》め見て。

「どう、何かありそうかい？」

近付き河上君が訊《たず》ねてみても、涼嬢はただただ首振るばかり。

「だ〜め。ワケの分からない文字の羅列《られつ》。専門《せんもん》用語だとは思うけど……あンた、分かる？」

「小生は文科の学生だと言ったじゃァないか。分かるわけがないョ」

「そんなこと、威張《いば》って言わないでよ——でも、まあ、一つだけは分かったわね」

「……？　何のこと？」

「《和道は薬に対してそれなりの知識《ちしき》を持っていた》ってことよ。それから《殺人を犯《おか》せる劇薬を保有《ほゆう》していた》ってこともね」

「なんだか……涼さん、個人的な敵愾心《てきがいしん》で犯人決めつけようとしてないかい？」

「そ、そんなことないわよ！　あるわけないいじゃない——あれ？」

プイっと横向く涼嬢は、壁に扉《とびら》があるのにお気付きになり。今まで棚の陰《かげ》に隠《かく》れて見えなかったのでございます。

今度はそちらに足運び。扉の把手《ノブ》を掴《つか》んで開き。

「何、この部屋⁉　真っ暗じゃない？」

こちらの部屋の壁には黒い幕《まく》。ぐるり一面覆い尽くして、光一筋《ひとすじ》入らぬ様子。

「暗室、じゃァないかな」

「暗室……？」

「ホラ、写真のサ。和道さんが写真にも凝《こ》っているッて、香月さんが言っていたじゃァないか。

──あ、ホラ、これが写真機じゃァないかな」

河上君は扉から漏《も》れる光を頼《たよ》りに、暗闇《くらやみ》へと入り込み、机の一つに置かれてあった写真機を見つけたのでございます。手に取り、まじまじ見つめた河上君、思わず驚《おどろ》きの声をあげ。

「──ッて、これ、確《たし》かトンでもない写真機のはずだョ⁉　雑誌《ざっし》か何かで見たことあるョ」

現行《げんこう》のカメラに最も近い形の写真機が作られたのが、大正の二年、独逸《ドイツ》にて。制作者《せいさくしゃ》の名をとり『バルナックのカメラ』と呼《よ》ばれていたそれが、『ライカ』の名に於《お》いて市販《しはん》されたのが、大正十四年。大正十二年《このとし》、ほんの僅《わず》かな数だけ試作、評価《ひょうか》用として作られていたそれを、どういう経緯《いきさつ》か和道氏は手に入れていたのでございます。

「こんなものまで手に入れてるなンて、写真の趣味も結構、堂に入ったものだったンだなァ」

「単に珍《めずら》しモノ欲《ほ》しさに手に入れただけなんじゃないの？　いい写真機持ってたって、いい写真が撮《と》れるわけじゃないでしょ」

ついつい感心してしまう河上君ではございましたが、どうにも涼嬢はそれをお認《みと》めになりたくないようで。

「──そんなことより、電灯……はあるわけないか、角燈《ランプ》かなにかないの？」

「えぇッと……あ、あった。チョイト待って」

角燈《ランプ》見つけ河上君、傍《そば》の燐寸《マッチ》も手に取り火を点《つ》けて。

すると──。

「い──いやあああああああああああああああああああああッ！」

突如《とつじょ》巻き起こった大絶叫《ぜっきょう》。暗室に響《ひび》くは涼嬢の悲鳴。

「なッ⁉ なんだ⁉ ど、どうしたンだい、涼さん⁉」

慌てふためき河上君が訊《たず》ねてみても、涼嬢は両手で顔を覆った儘《まま》、いやいや首を振るばかり。

その内、すっと片手があがり、指《ゆび》さし机を指《さ》しまして。

角燈《ランプ》掲《かか》げて河上君。その机に近付くと、上には多数の写真の束が。

それを見るなり河上君も、

「うおッッ！」

と思わず驚いて。涼嬢のものとは、多少違った驚きではございましたが。

その写真に写されていたのは、どれもこれも裸《はだか》の女性。局部も露《あらわ》に写されて。

所謂《いわゆる》、『裸婦画《らふが》』などとは異《こと》なり、芸術性《げいじゅつせい》なぞ皆無《かいむ》。ひどく扇情《せんじょう》的で、あまりに露骨《ろこつ》で──

有り体《てい》に言って、《淫猥《みだら》》なものでございまして。

「い、いやァ……こ、これはマズいなァ……」

なんぞと言ってはみても、写真から目を離《はな》せぬあたりが、河上君も男の子。

悲鳴疲《づか》れか涼嬢は、はぁはぁ荒《あら》い息を吐《は》き、その下からポツリと漏らしたは。

「……燃《も》やそう」

「は——？」

何をトチ狂《くる》ったのか涼嬢は、角燈《ランプ》と燐寸《マッチ》に近付き手にとって。

「燃やすのよ！　写真を……ううん。この《離れ》ごと火をつけなきゃ駄目《だめ》だわっ！」

「す、涼さん⁉　マズい！　それはマズいヨッ！」

慌《あわ》てて羽交《はが》い締《じ》めする河上君。

「何よっ！　あンたも欲《ほ》しいの⁉　欲しいんでしょう！　変態《へんたい》！　この変態っ！」

「そうじゃァなくッて！　ここには危険《きけん》な薬品だっていっぱいあるッて言ったじゃァないか。

軽々しく火なンて点《つ》けていいか分からないンだヨッ！」

「そんなこと知ったことじゃないわ！　こんな不愉快《ふゆかい》なものは早急《さっきゅう》にこの世から消滅《しょうめつ》させなきゃならないんだからっ！」

激怒混乱興奮《げきどこんらんこうふん》と、様々な感情が綯《な》い交ぜの涼嬢は、なにやら叫《さけ》んでいるのか笑っているのかすらも分からないご様子で。

「もえろおおおおぉぉぉぉぉぉぉっ！　うわはははははははははははっ！」

ざいません。

……その後、河上君が涼嬢を宥《なだ》めるのに、かなりの長時間を必要としたことは言うまでもご

「——あっはっはっは。それは河上君も災難《さいなん》だったねぇ」

館《やかた》に戻った河上君が事情《じじょう》を話して聞かすなり、呵々大笑《かかたいしょう》の骸惚先生。

「笑い事じゃァありませんヨ、骸惚先生《せんせ》ェ……。でもまァ、和道さんが《離れ》に人を近付けたくなかった理由はこれで分かりましたヨ。あ、い、いや、あんなものがあっちゃァ人になンて見られるわけにはいきませんからねェ」

「まあ、貴公子然《きこうしぜん》とした和道氏の印象が台無しになったのは間違《まちが》いないだろうね」

「まったくですねェ」

河上君も苦笑《くしょう》を漏《も》らして笑い声。ところが骸惚先生、急に真面目《まじめ》な表情になり。

「——いや、待てよ。確かに笑い事では済《す》まないかもしれないぞ、これは」

「え？　と、言いますと？」

「被写体《ひしゃたい》となった婦人が撮《と》られることを是《ぜ》としていて、和道氏が個人《こじん》的に楽しんでいたと言うのならば、別に口を出す問題でもないがね。婦人の裸体を無理矢理《むりやり》撮影《さつえい》して、その写真を使って強請《ゆす》っていたとしたら——」

「ま、まさか……！」

「強《あなが》ちあり得ん話じゃあなかろう。和道氏は金回りが良かったと言う話じゃあないか。自動車だのその珍《めずら》しい写真機だのといったものを手に入れるのにだって、莫大《ばくだい》な金が必要なのだろうしね。金満家庭の放蕩《ほうとう》婦人にねだっていたのなら兎《と》も角《かく》、金の出所がすべて合法的なものとも限らないさ」

　骸惚先生、吐き捨《す》てるようにそう言って。

「——尤《もっと》も、今となっては確かめる術《すべ》もないか。どのみち、その写真は処分《しょぶん》してしまった方がいいだろうね」

「そう……ですね」

　処分だなんだとなった場合に、またもや涼嬢が狂、い、い、出すのではないかと不安になってしまう河上君ではございましたが、骸惚先生、そんな彼氏にニヤリと笑い。

「惜《お》しいと思うのなら、今の内に数枚《すうまい》着服しておいたらどうだい？」

「ンなッ——!?　何を言ってるンですか、骸惚先生！　そんなものが見付かったら、小生、殺されてしまいますヨッ！」

　死因《しいん》は焼死。

「そうだねぇ。僕《ぼく》も娘《むすめ》が殺人犯になるところは見たくはないので、やめてくれと頼《たの》んでおいた方がいいのかな」

「頼まれずともやめますョ……。そ、そんなことより骸惚先生の方はどうだったンですか？」

こんな話をいつまでも続けられては堪《たま》らないと、些《いささ》か強引《ごういん》に話を変えた河上君。

「何も収穫《しゅうかく》はなしだ。やはり遺書《いしょ》は見つけられなかったし、手掛《てが》かりとなるようなものも皆無《かいむ》。日記をつける習慣《しゅうかん》でもあれば、と思ったのだがね」

「そうですか……。一体、どういうことなんでしょうかねェ、この事件《じけん》は。不可解《ふかかい》なことが多すぎますョ」

落胆《らくたん》した調子で言う河上君に、黙《もく》して語らず骸惚先生。じっと思案の一時で。

「細部の事情は大分、分かってきてはいるのだが……それを、どう繋《つな》げるかが問題だ」

「──と、仰《おっしゃ》いますと？」

「まず、第一に──」

説明しようと口を開いた骸惚先生の声に割《わ》り込《こ》んできたのはノックの音。扉《とびら》を振《ふ》り向き、声かけて。

扉が開くと、そこに立つのは緋音嬢。深々、頭を下げまして。

「ご迷惑《めいわく》をおかけ致《いた》しました」

「やあ、香月君。体調はどうだい？」

「はい、すっかり──と言うわけにも参《まい》りませンけど、随分《ずいぶん》と落ち着きましたワ」

「それは良かった。君が無理しても何もならないのだから、くれぐれも気を付けたまえ」

「はい。気を付けますワ」

「前々から思っていたのだが、君は少し肩《かた》の力を抜《ぬ》くということを覚えた方がいい。何をするにしても……例えば、仕事もだよ」

「アラ、骸惚先生。そんなことを仰《おつしや》って、お仕事を怠《なま》けようと思っても駄目《だめ》ですわョ」

「何を言うんだい、君は。一般論《いっぱんろん》だよ、一般論」

チョイト情《なさ》けない顰《しか》めっ面《つら》で、緋音嬢を見た骸惚先生ではありましたが、すぐにも頭を掻《か》いて、苦笑《くしょう》を一つ。

「――まあ、皮肉が言えるようになったのなら、一安心と言ったところかな」

と、そこで緋音嬢。姿勢《しせい》を正して、骸惚先生を見据《みす》えては。

「ところで骸惚先生？　書斎《しょさい》と《離《はな》れ》を調べたと伺《うかが》ったンですけど」

「ああ。今もそのことについて、河上君と話していたところさ。正直、あまり収穫らしい収穫はなかったんだが――」

言いかけ骸惚先生、疲《つか》れたように首を振り。

「いや、その前にちょっと休憩《きゅうけい》にしよう。――前にも言ったが、疲れた頭で考え込んでいても、ろくな案は浮《う》かばないからね」

伸《の》びをしつつも立ち上がり。

「咲久子《さくこ》君にでもお茶の用意をしてもらうように言ってくるとしよう」

「あ。そんなことなら、小生が参りますョ」

「そうかい？　じゃあ頼もうか。僕の分は珈琲《コーヒー》にするように伝えてもらえるかな。どうも先程《さきほど》から頭がすっきりとしない」

「それでしたら妾《アタシ》も珈琲《コーヒー》でお願いしますヮ」

「了解《りょうかい》です。小生もそうすることにしましょう」

「では、澄たちにも声をかけることにしましょうか」

そうして、三人それぞれに部屋を出たのでございます。


流石《さすが》に咲久子嬢は素早《すばや》いお仕事。

河上君が咲久子嬢に言伝《ことづて》した後、用を足し、三階ホウルに入った時には、小型円形テーブルが二つ用意され。各々《おのおの》、椅子《いす》が三つずつ。

一方のテーブルには涼嬢、潑子《はつこ》嬢がお座《すわ》りになっていて。それぞれにお茶が饗《きょう》じられ。もう一方の骸惚先生が座るテーブルの前にも珈琲《コーヒー》三つが湯気を立て。

煙草《たばこ》を持ってくるのを忘《わす》れたと、骸惚先生が椅子を立ったと入れ違《ちが》いに河上君は席に着いたのでございまして。

目の前の珈琲《コーヒー》をぼんやり見つめながら、砂《さ》糖壺《とうつぼ》から一杯《いっぱい》入れて。骸惚先生、緋音嬢のにも一杯ずつ。骸惚先生は甘党《あまとう》だったと、もう一杯。

「あれ？　香月さんは？」

別のテーブルに座る涼嬢に問いかける河上君。

「さあね」

けんもほろろに言ってのけ、フンと横向く涼嬢で。どうやら未《いま》だ怒《いか》りが冷めやらず。

やれやれ一体どうしたものかと、河上君は情けのない顔付きで。

「あの……緋音さんは先に来てました。今はお母様とご一緒《いっしょ》に咲久子さんを手伝って、お茶菓《ちゃが》子《し》の用意をなさってます」

河上君を助けてくれたのは滲子嬢。姉君のご様子を不安そうに眺《なが》めては。

「ごめんなさい、兄様《あにさま》。先程から、ずっとこうなんです。……あの、何があったんですか？」

おっかなびっくり滲子嬢、河上君に問いかけて。

「あァ～、その、なんだ……」

まさか、本当のことを答えるわけにもいかず、どう説明したものかと河上君が言葉を濁《にご》していたところ。慌てて涼嬢、大声出して。

「――は、滲子は知らなくっていいことよ！」

「は、はい……。ごめんなさい……」

びくり震《ふる》えて俯《うつむ》いて。滲子嬢は押《お》し黙《だま》り。

そんな滲子嬢のご様子に、後悔《こうかい》してしまったものの、然《さ》りとて何と言えばいいか分からずにいる涼嬢でございまして。

兎《と》に角《かく》、何かを口にせねばと河上君。

「あ〜、潑子ちゃん？　その……お、大人になれば分かることだョ」

あまりに場違《ばち》いなこの台詞《せりふ》。自分でもそれに気付いた河上君ではございましたが、訂正《ていせい》するより先に罵声《ばせい》が飛んで。

「わっ⁉　分かるわけないでしょう、そんなことっ！　——って言うか、大人になったって分かりたくないわよ！」

イヤ、実に御尤《ごもっと》もと河上君も頭を掻《か》いて照れ笑い。

「と、兎に角ね、潑子？　潑子が悪いんじゃないんだから、謝《あやま》ることもないし、落ち込まなくったっていいのよ？」

「はい……でも、潑子は兄様《あにさま》と姉様《あねさま》が喧嘩《けんか》なさってると悲しいです……」

「な——何言ってるのよ、姉様と兄様は喧嘩なんかしてないわよ。——ねぇ？」

涼嬢は些《いささ》かぎこちない笑《え》みを河上君に向けまして。その瞳《ひとみ》は決して笑ってはいなかったところに幾《いく》らかの恐怖《きょうふ》を感じてしまった河上君ではございましたが。

「そ、そりゃァそうサ！　喧嘩なんてするわけないじゃァないか！　あは、あははは……」

態《わざ》とらしい笑い声まであげまして。

「——なんだい、なんだい。騒《さわ》がしいね」

そんな折に骸惚先生がお戻りに。

「どうせまた、河上君と涼が喧嘩でもしていたのだろうけどね。まったくよく飽《あ》きないものだ」

と、まァ、見事に河上君と涼嬢の努力も台無しで。

骸惚先生、お三人方《さんかた》から睨《にら》まれて。殊《こと》に澪子嬢が泣きそうなまでに顔を歪《ゆが》めているのを見て、どうも失言をしたようだと、お気付きになりまして。

「……まあ、なんだ。《喧嘩するほど仲がいい》と言う言葉もあるからね。そうやって、お互《たが》いをよく知ろうとするのも、悪いことじゃあないさ。うん」

腕《うで》を組んで偉《えら》そうに。言いつつ、チラリ横目でお三人方を盗《ぬす》み見て。河上君と涼嬢からは未《いま》だ半眼《はんがん》で睨まれ続けておりましたが、澪子嬢はどうにか落ち着いたようで、ホッと一息吐いた骸惚先生でございます。

そうこうする内、澄夫人や緋音嬢もやってきて。

咲久子嬢の用意したお茶菓子は、林檎《りんご》パイ。日頃《ひごろ》食べ慣《な》れぬ洋菓子に、喜び微笑《ほほえ》むお嬢様方、早速《さっそく》いただきますと食べ出して。

それを横目に、骸惚先生、緋音嬢、河上君の珈琲《コーヒー》組。

カップに同時に口つけて。そして同時に噎《む》せ返り。

河上君などは、口に含《ふく》んだ珈琲《コーヒー》をぶッと吐き出す有様で。

「なー？　なんでこんなに甘いンですの!?」

「……こんなに砂糖《さとう》を入れたつもりはないぞ」

「小生だってありませんョ！」

「勿論《もちろん》、妾《アタシ》もありませんワ」

「ならば、何なんだ、この珈琲《コーヒー》は!?」

三人同時に口拭《ぬぐ》い、顰《しか》めっ面《つら》で珈琲《コーヒー》カップを睨み付けたのでございます。

すると、隣《となり》のテーブルからは、クスクス小さく笑い声。声の主《ぬし》は潑子嬢。

「ど、どうかしたのかい、潑子ちゃん？」

「だって、おかしかったんです。お父様も兄様も緋音さんも、皆《みな》さんお互《たが》いに、皆さんの珈琲《コーヒー》に砂糖を入れて差し上げたのでしょう？　だったら三人分の砂糖が入っているはずですから、甘いはずですもの。それなのに、《なんだ》なんて驚《おどろ》いていて——」

笑いが収《おさ》まらない様子の潑子嬢に、ちょッぴり非難《ひなん》めいた視線《しせん》を向けた河上君。

「潑子ちゃん、知っていたンなら教えてくれョ」

河上君に咎《とが》められたと思ったのでしょう、途端《とたん》に潑子嬢はしゅんとして。小声で謝り俯いて。

「ご……ごめんなさい。で、でも……潑子は兄様が砂糖をお入れになるところしか見ていなかったから……。それで、きっと皆さんそうなんだと思ってしまって……」

澪子嬢のこの態度《たいど》。びっくり仰天《ぎょうてん》、河上君。心の中で己《おのれ》の不明を罵《ののし》って。

「ヤ!?　いや、違《ちが》う。謝らなくたッていいンだ、澪子ちゃん。澪子ちゃんの言ってることは正しいョ。そうだね、おかしいねェ。笑ってくれていいンだョ。ホラ、あはははは……」

なにやら道化《どうけ》めいた調子で河上君が笑い出すと、河上君の言葉に安心したのか、それとも彼氏の様子がただ滑稽《おかし》かったのかは定かではありませんが、澪子嬢の顔も綻《ほころ》んで。

「あっはははははははははははははははは……」

河上君がホッと一息吐いた時、再び哄笑《こうしょう》巻き起こり。

今度の笑いは骸惚先生。あまりの異様《いよう》な笑い声。一同、唖然《あぜん》とするどころか心配し。

「あ……あの、骸惚先生?」

「どうかなすったんですの、旦那様《だんなさま》?」

不安の声をあげる皆を尻目《しりめ》に、骸惚先生は膝《ひざ》まで叩《たた》いて大笑い。そして、笑いを収《おさ》めたかと思えば、口に出した言葉は。

「——僕は馬鹿《ばか》だ」

突然《とつぜん》の骸惚先生のこのお言葉。皆一様に、口の形を《は?》の儘《まま》固まって。

「本当にどうかしちゃったの、父様?」

「心配しなくとも、僕はまだ、まともだよ。ただね……やはり、探偵作家は探偵には向かないと分かっただけさ。——よっぽど、澪子の方が優秀《ゆうしゅう》な探偵《たんてい》だ」

「どういう意味なンですの、骸惚先生？」

「それはおいおい教えるが、それよりも前田さんを呼んでくれないか？　彼に確かめたいことがあるんだ」

困惑《こんわく》しつつも、控《ひか》えていた咲久子嬢が前田執事《しつじ》を呼びに行き。

咲久子嬢に伴《ともな》われて、ホウルに入った前田執事は一礼しつつも問いかけて。

「ご用と伺《うかが》いましたが、如何《いか》なるご用件《ようけん》でございましょう？」

「わざわざ済《す》みませんね。一点、確認《かくにん》したいのですが、俊幸《としゆき》氏が武揚《たけあき》氏に煙草《たばこ》を渡《わた》したことはありませんでしたか？　紙巻煙草《かみまき》です。銘柄《めいがら》は『ゴールデンバット』」

「は？　あ、いえ。仰《おつしや》る通りに、昨日、俊幸様が武揚様に紙巻煙草をお渡しになられたことがございましたが……」

「それなら、小生も憶《おぼ》えておりますョ。確か、武揚さんが前田さんに煙草を買ってこいと騒《さわ》ぎ出した時です。……でも、それが何か？」

「そうか。やはりそうだったか……」

そう呟《つぶや》いて骸惚先生。そのまま押し黙ってしまうものですから、河上君などは我慢《がまん》しきれず。

「な、何が《そう》なんですか!?　教えて下さいョ、骸惚先生！」

騒ぎ出す河上君に、頭を掻いて息吐いて。深々、椅子に身を沈《しず》め。

「事件は解決した――ってことだよ、河上君」

ニヤリと笑ってそう言った骸惚先生でございました。

七章　名《ナ》モ知《シ》ラヌ友《トモ》へ

その場はしぃ……んと静まり返り。

唯一《ゆいいつ》の音は、骸惚《がいこつ》先生がふうっと煙《けむり》を吐《は》いた音だけで。

紫煙《しえん》はゆらゆら立ち上り。

動きを見せるも、紙巻煙草《かみまきたばこ》を口にした、骸惚先生ただ一人。

衝撃的《しょうげきてき》な一言を口にしながらも、その後に黙《だま》って、のんびり煙草なんぞを吸《す》い始めるものですから、誰《だれ》もが皆《みな》ヤキモキし。河上君《かわかみ》はイライラし。

「がッ、骸惚先生――！」

骸惚先生片手《かたて》を挙げて、それを制《せい》し。

「君の言いたいことは分かっているよ。さっさと説明しろ、と言うのだろう？」

吸《す》い殻《がら》、灰皿《はいざら》に押しつけて。

忘《わす》れてしまったのか、珈琲《コーヒー》一口ずずッと啜《すす》り、甘さに顔を顰《しか》めては。

「――ほとんどの関係者が死んでしまっているので、《さて、皆さん》と言うわけにもいかないが……。ちょうど良いので、ここで説明するとしよう。ただし、かなり蓋然性《がいぜんせい》の高い推理《すいり》ではあるが、完全に事実に即《そく》しているとは限《かぎ》らないと言うことは憶《おぼ》えておいてくれ」

　そう言い置いてから、骸惚先生姿勢《しせい》を正し。一同ぐるりと見渡《みわた》して。

「さて、僕《ぼく》は直明《なおあき》氏が死に、その晩《ばん》に俊幸《としゆき》氏が死んだ時《これは同一犯《はん》による連続殺人事件《じけん》だ》と思い込《こ》んでしまった。――これが先刻《さっき》、自分自身を《馬鹿《ばか》だ》と罵《ののし》った理由だ」

「と言うことは、連続殺人事件じゃァなかったッてことですか？」

「連続は連続だろうが、殺人とは限らないし、同一犯でなければならない理由なんてまったくないってことだよ。短期間に続けて人が死んだ時、《同一犯による連続殺人》だと思ったのは、探偵《たんてい》作家らしい愚《おろ》かさと言うべきかもしれないな。殺人犯は一人であるべきだ、と言う探偵小説の規則《きそく》に現実《げんじつ》でまで従《したが》ってしまったのだからね」

　骸惚先生は未《いま》だ知らぬことではございますが、この五年後、亜米利加《アメリカ》の探偵作家、ヴァン・ダインが著《あらわ》した『探偵小説二十則』にも、《幾《いく》つ殺人事件があっても、犯人は一人であることが望ましい》との一文がありまして。この頃《ころ》の探偵作家にとっては共通の認識《にんしき》だったのかもしれません。

「では、骸惚先生？　犯人は複数存在《ふくすうそんざい》するッてことなンですの？」

「複数……と言うよりも、被害者《ひがいしゃ》の数だけ犯人は存在するってことかな。そして、被害者が犯人でないとは限らない。こんな単純《たんじゅん》なことを気付かなかったなんて、どうかしていたよ」

「ど……、どういうことです？　結局、誰が誰を殺害したンですか？」

「やれやれ……。潑子《はつこ》が言っていたじゃあないか」

突如《とつじょ》、名前を呼《よ》ばれた潑子嬢《じょう》。びくりと体を強張《こわば》らせ。お叱《しか》りでも受けるかのように、不安に顔を歪《ゆが》ませて。

「あの……お父様《とうさま》？　潑子が……何かしてしまいましたか……？」

「おいおい、そんな泣きそうな顔をしなくたっていいんだよ、褒《ほ》めていたのだからね。——いいかい？　先刻、潑子が言っていたのは《皆さんお互《たが》いに》だよ。つまりは、一連の事件もそう言うことだったんだ」

ニンマリ笑って骸惚先生。そのご様子には、緋音《あかね》嬢まで苛立《いらだ》って。

「骸惚先生？　回りくどい言い方をなさらないで、具体的に仰《おっしゃ》って下さらなくッて？——それに、なんだか浮《う》かれているようにも見えましてヨ？」

「おや？　浮かれているように見えたかい？——そいつはいかんな」

骸惚先生、自分の顔をぴしゃりと平手でひと叩《たた》き。

「僕としたことが、どうも雰囲気《ふんいき》に飲まれてしまっていたようだね」

ところが口元片手で押《お》さえていても、ニヤリと笑いはとめられず。

「だが、それも少しくらいは仕方がないだろう。不謹慎《ふきんしん》は承知《しょうち》の上で敢《あ》えて言うが——嵐《あらし》によって閉《と》ざされた洋館。次々と起きる不可解《ふかかい》な殺人事件。まるで探偵小説のようじゃあないか。そして、その事件の謎《なぞ》が解《と》けてしまった——つまり、名探偵の役柄を手に入れたわけだ。少しは浮かれもしようものさ」

そんな骸惚先生を、澄《すみ》夫人がひと睨《にら》み。口にするのはたった一言。

「――京太郎《きょうたろう》さん」

骸惚先生、頭を掻《か》いて溜息《ためいき》一つ。

「やれやれ……、分かったよ。確《たし》かに浮かれるべきではなかったな。――では、結論《けつろん》から言ってしまおう。この事件の犯人は、日下家の四兄弟全員だよ」

「な――!? なんです、それは!? 全然、分かりませんョ、骸惚先生!」

「そうよ、まるで具体的になっていないじゃない!」

骸惚先生はぎゃんぎゃん騒《さわ》ぎ立てる河上君と涼《すず》嬢に、煩《うるさ》そうに顔顰《しか》め。

「慌《あわ》てなくとも、ちゃんと説明するよ。まず、第一の事件。直明氏を殺害したのは、直明氏本人――つまり、自殺だね。まったく、本当に僕もどうかしていたぜ。再三《さいさん》、自分で《自殺だ》と言い張《は》っていたくせに、二人目の死者が出た時点で、《直明氏を殺したのもこの犯人だろう》とすっかり思い込んでしまったのだからね」

「ですが、直明様が亡《な》くなっていた時の奇妙《きみょう》な状況《じょうきょう》は――!?」

「それも後で説明するが、今のところは後回しにさせてもらうよ。次に第二の事件。俊幸氏殺害の犯人は――和道《かずみち》氏だ」

「では、やはりあれはアリバイトリックだったンですね?」

「ああ、そういうことになるね。トリックとしては、まず睡眠薬《すいみんやく》か何かで俊幸氏を眠《ねむ》らせてしまう。続いて、縄《なわ》を首に括《くく》り、露台《バルコニー》の手摺《てす》りに結んで吊《つる》す」

「あのさ、こんなこと言わないでも分かってると思うけど、それだとアリバイトリックにならないんじゃないの、父様？」

「決まってるだろ。ここからが重要なのさ。手摺りに結んだ縄を、結び目を中央として、左右ともに充分《じゅうぶん》な長さにする。一方の端《はし》には俊幸氏の首を括る。もう一方の端は胴体《どうたい》に結ぶ。胴体に結んだ縄によって、首を括った方の縄が伸《の》びきらないようにしたのさ。——分かるかい？」

　骸惚先生の解説《かいせつ》を聞いて、皆《みな》一様に咀嚼《そしゃく》して。真っ先に状況を理解できたのは緋音嬢。

「つまり、縄が二本あると思えばよろしいンですのよネ？　一本は首に結び、もう一本は体に結ぶ。体に結んである縄に吊されている限り、首を括った縄には余裕《よゆう》があって、首が絞《し》まることもない。——と、こういうわけでして？」

「その通り。それを一本の縄で行っただけだね」

「では、何故《なぜ》あの時、何もしていないのに体に結んだ縄が解《ほど》けてしまったンですの？」

「何もしていなかったわけじゃあないからさ。胴体に結んだ縄の結び目に、切れ目を入れていたか、もしくは——こちらの方が可《か》能性《のうせい》は高いと思うが、薬品を含《ふく》ませていた」

「確《たし》かに和道さんは薬品には詳《くわ》しそうでしたが……。一体、どんな薬品だったンですか？」

「現時点では確かめることはできないが、僕は硫酸《りゅうさん》じゃあないかと思ってる」

「……その作用によって縄を切ることは可能かもしれませンけど、正確に時間を指定することなンて、本当にできるンですの？」

些《いささ》か不審げなのは緋音嬢。形のいい眉《まゆ》を顰《ひそ》めて首捻《ひね》り。

「専門家《せんもんか》じゃあないので断言《だんげん》はしかねるが、濃度《のうど》によっては可能だろう。それに、《正確》ではなかったんだよ。あの時、和道氏は俊幸氏の体が落下してくるまで、どうしても僕らを帰すわけにはいかなかった。だからこそ、どうでもいいような話を延々《えんえん》と続けたりしたのさ」

「——ところで、なんで和道氏は俊幸氏を殺したンですか？」

河上君は別の話題を持ち出して。髑惚先生の推理《すいり》には一片《いっぺん》の疑《うたが》いも抱《いだ》いていないようで。それが信頼《しんらい》なのか、はたまた思考を放棄《ほうき》しているのかは定かではございませんが。

「動機を探《さぐ》るのは馬鹿らしいことだよ」

髑惚先生がそう答えると、《そうだった》とばかりに質問《しつもん》を恥《は》じ、しゅんと小さく河上君。

ですが髑惚先生、そんな彼氏に苦笑《くしょう》を向けて。

「そんなことを言っておきながらなんだが、正直なところ僕もそこは疑問《ぎもん》だったんだ。あの時点でトリックについては分かっていた。実は和道氏を疑ってもいた。だが、ここまで周到《しゅうとう》に計画しながら、《何故《なぜ》、俊幸氏なんだ？》と言うことがずっと引っ掛《か》かっていたのさ。——しかし、それも先程《さきほど》分かったよ。武揚氏をわざわざ殺す必要がなかったからなんだ」

「——と、仰《おっしゃ》いますと？」

「武揚《たけあき》氏殺害の犯人が俊幸氏だってことだよ」

流石《さすが》の骸惚先生の言葉でも、この推理だけは不満反論《はんろん》、囂々《ごうごう》で。

「ちょ、ちょっと待ってよ、父様！　それはおかしいわよ！」

「そうですワ！　武揚様が亡《な》くなった時、俊幸様も既《すで》に亡くなられていたンですのヨ!?」

骸惚先生はそんな反論は想定ずみだとばかりに、平然。

「だから言ったじゃあないか。被害者が犯人でないとは限らないとね」

すると骸惚先生、袂《たもと》から一本の紙巻煙草《かみまきたばこ》を取り出して。それは、武揚氏の遺体《いたい》の下で潰《つぶ》されていた煙草でございます。

「これは、武揚氏の遺体の下にあった煙草だよ。――いいかい？　これには吸った様子はあるが、揉《も》み消されてはいない。そして、燃《も》え切ってもいない。要するに武揚氏はこの煙草を吸っている最中に倒れ、その体によって煙草を潰し、火を消した。ということなんだ。武揚氏を殺害した凶器《きょうき》はこれなんだよ」

「紙巻煙草が凶器……ですか？」

「そう。確かめるわけにはいかないから、推論に過《す》ぎないが、この紙巻にはおそらく青酸を含ませてある。これを銜《くわ》えて火を点《つ》けた時に、含まれた青酸は蒸気《じょうき》になった。こいつの毒性は個《こ》体《たい》や水溶液《すいようえき》なんかよりも余程《よほど》、強いんだ。武揚氏はそれを吸い込んでしまい、死亡した。それに、河上君が気付いた、武揚氏の遺体が臭《にお》ったという話。青酸で死んだ者が発する独特《どくとく》の臭いだろう。いわゆる《アーモンド臭《しゅう》》だ」

「……専門ではないと仰るわりには、随分《ずいぶん》とお詳しいンですのネ？」

骸惚先生、チョイト笑って。

「以前《まえ》に探偵《たんてい》小説でこれを使った殺人をさせたことがあるのでね、憶《おぼ》えていたんだよ。——まあ、それは兎《と》も角《かく》として、この紙巻煙草の銘柄《めいがら》が『ゴールデンバット』さ」

「じゃあ、さっき父様が前田さんにした質問の理由はそれだったのね？」

「ああ。『ゴールデンバット』は一箱十本入り。僕なら半日もあれば吸いきってしまうが、武揚氏はそれほど喫煙量《きつえんりょう》が多くなかったようだね。昨夜一睡《いっすい》もしていないようだったにも拘《かかわ》らず、吸いきるのに今朝までかかっている。普通《ふつう》ならもっと遅《おそ》かっただろう。それも見越《みこ》しての俊幸氏の行動だったはずさ。——青酸を含ませた煙草を最も取り出し辛《づら》い場所に入れておく。いつかは必ず死ぬが、そのいつかの時に自分が嫌疑《けんぎ》をかけられないところにいればいい」

「つまり、和道様はそのことを事前に知ってらした、ということなンですの？」

「それについては間違《まちが》いない。なにせ、俊幸氏の行動は直明氏の死を知った後での行動だ。そして、この閉鎖《へいさ》された空間で、青酸を手に入れられるところなんて、一つしかない」

「《離《はな》れ》ですね！」

ポンと手を拍《う》ち、河上君。コクリと頷《うなず》く骸惚先生。

「俊幸氏は、和道氏が細かく薬品の量を管理しているとは思っていなかったのだろうね。だが、和道氏はそれに気付いた。だから和道氏は、武揚氏がいつか必ず死ぬと分かっていたんだ。そしてその俊幸氏さえ殺してしまえばいいと考えた。これが、俊幸氏が先に殺害された理由だ」

「あ――」

と、その時声あげたのは涼嬢で。咲久子《さくこ》嬢に目を向けつつも言い出して。

「俊幸が露天風呂《ろてんぶろ》に入りに行ったって――咲久子さんが」

話を向けられ戸惑《とまど》っているご様子の咲久子嬢ではありましたが、一つ腰折《こしお》りお辞儀《じぎ》して。

「え？　確かに申し上げましたが……。つまらぬことを――申し訳《わけ》ございません」

「つまらないことなんかじゃないのよ、重要なことなの！　俊幸は、本当は露天風呂なんかに行ってなかったってことじゃないの⁉」

首振《ふ》り大声張《は》り上げ涼嬢が。聞くなり《ほう》と感嘆《かんたん》したのは骸惚先生。

「そんなことがあったのかい。なら、その時に《離れ》に行っていたと思っていいだろうね」

「それに――そうですワ！　その時、誰かが《離れ》に入った形跡《けいせき》があると、和道様が怒《おこ》ってらしたワ！」

「その時には和道氏には、まだ誰が入ったのか分からなかったのか、或《ある》いは分かっていながら、敢《あ》えて怒ったのか……」

「でも、あの時は本気で前田さんや咲久子さんを叱《しか》っているように見えたわよ？」

「ならば、俊幸氏が武揚氏に煙草を渡したことを知って気付いたのだろう」

「しかし——その和道さんは何だってあんな場所であんな死に方をしてたンですか?」

「それは——」

言葉を濁《にご》した骸惚先生、言いづらそうに頬《ほお》を掻《か》き。

「それは、多分、僕の責《せい》だ。《探偵が事件を起こすようなことはするな》と言っておきながら、これだものなぁ」

「何のことです?」

「本来ならば、俊幸氏を殺して済《す》むはずだった和道氏だが、急遽《きゆうきよ》、もう一人殺さなくてはならなくなったのさ」

「だ……誰をです? まさか……」

未遂《みすい》に終わったとは言え、そんなことは考えたくもないとばかりに河上君、顔は青ざめ声震《ふる》わせて。ところが骸惚先生、実にあっさり平然と。

「君の考えている通りさ。僕を、だよ。和道氏は僕にトリックを見破《みやぶ》られたと思ったのだろう。まあ、実際《じつさい》にあの時に粗方《あらかた》分かっていたわけだが——。それで、自己《じこ》の安泰《あんたい》を図るためには、僕を殺さねばならないと考えた。——と言うのは僕の想像《そうぞう》だがね」

「それで逆《ぎやく》に殺されたというのがよく分からない話なンですが……」

「まさか、父様が返り討《う》ちに——!?」

涼嬢は驚《おどろ》き叫《さけ》んで目を瞠《みは》り。嫌疑《けんぎ》をかけられた骸惚先生は、途端《とたん》に、苦虫を噛《か》みつぶしたような表情《かお》となりまして。

「……娘《むすめ》に殺人犯扱いされるほど、僕は信用がないのかねぇ」

なにやら随分、落ち込《こ》んで。

「あ……。ご、ごめんなさい、父様」

謝《あやま》る涼嬢に、軽く拳骨《げんこ》は澄夫人。

「涼さん。思ったとしても口にしてはならないことはありますよ」

その一言は、骸惚先生を益々《ますます》落ち込ませ。

「……思ったとしてもかい」

「あら。わたくしは旦那様《だんなさま》が犯人ではないと確信《かくしん》していましたわ。だって、旦那様なら、少しでも疑いがもたれるような殺《あや》め方はなさいませんでしょう？」

「あ、それはそうですナ。骸惚先生が犯人なら、確実に事故か自殺に見える殺し方になるに決まってますョ！」

そんなことを明るく言う澄夫人と河上君に対して骸惚先生、未《いま》だ不満顔。

「信用してくれるのは有り難《がた》いが、その信用のされ方がなぁ……」

「と、兎に角、骸惚先生が犯人ではないのでしょう――？」

執《と》り成すように、間に入った緋音嬢。

「でしたら、一体、和道様はどうやって亡くなられたンですの？」

「ああ、そうだったね。では、身の潔白《けっぱく》を証明《しょうめい》するためにも、きっちりと説明しようか。おそらく、和道氏の計画はこうだ——。まず、二階、露台《バルコニー》の手摺《てす》りに縄《なわ》か、或《あ》いは縄梯子《なわばしご》を繋《つな》いでおく。更《さら》に、玄関《げんかん》前で前田さんに待つように言ってから外へ出る。出た後は、縄を伝って露台《バルコニー》から二階に入り込み、そのまま三階へ。三階の部屋で僕《ぼく》を殺害した後、再《ふた》び露台《バルコニー》から縄を伝って外へ出る。そして、玄関から館《やかた》の中へと戻《もど》る。戻った後で前田さんに……そうだなぁ《先程《さきほど》、三階から何か物音が聞こえた》とでも言おうとしたのかな。そうすれば、前田さんは三階へと確認に行くだろう。そこで僕の死体を見つける。その隙《すき》に自分は露台《バルコニー》から縄を回収《かいしゅう》しておく。——まあ、こんなところかな」

「随分と乱暴《らんぼう》な計画のようにも思えるンですけど、もし実行されていたとして、成功していたンですの？」

「それは……どうだろうね。ただ、何もその時に殺す必要はなかったはずさ。僕が煙草を吸っているのは見ていれば分かることだから、俊幸氏の使った方法を踏襲《とうしゅう》したっていい」

「でも、その場合は毒殺が判明《はんめい》してしまえば、和道様に容疑《ようぎ》がかかるのではなくッて？」

「まあ、青酸を使用したとして、事後に処分《しょぶん》してしまい、《ここにはそんなものはない》とでも言い張るつもりだったのじゃあないかな」

「そんな、明らかに言い訳だとわかることを、誰《だれ》が信用するっていうの？」

「信用させる、と言うよりは、揉《も》み消すつもりだったのだと思うね。和道氏が子爵《ししゃく》となるのはほぼ確定していた——と本人は思っていたし、それに……彼は幾《いく》つかの華族《かぞく》など、権力《けんりょく》、財力《ざいりょく》をもった家の《弱み》を握《にぎ》っていたはずさ」

「……？　それはどういうことなンですの？」

聞き返す緋音嬢に、骸惚先生苦笑《くしょう》して。

まさか、ここでこの女権論者《じょけんろんしゃ》に《和道氏は女性の淫《みだ》らな写真を武器《ぶき》として、女性を脅《おど》していた》なんぞと口にするわけにも参りませんで。そんなことをしてみれば、涼嬢と同様に……いえ、それ以上に烈火《れっか》の如《ごと》く怒《おこ》り出すことは必定《ひつじょう》で。

「ちょっと、君に話すことはできないんだが——」

言った瞬間《しゅんかん》、涼嬢の視《し》線《せん》が何故《なぜ》かギロリと河上君を貫《つらぬ》いて。何一つ悪いことなぞしていないはずなのに、肩身《かたみ》が狭《せま》くなってしまう河上君でございます。

「——兎に角、和道氏にはそういう《武器》があったということさ。確実な証拠《しょうこ》を掴《つか》まれない限《かぎ》り、どうにでも揉み消すことができると考えたのだ、と僕は思う。まして、今回殺害するのは華族の一員ではなく、一介《いっかい》の探偵《たんてい》作家なのだからね」

訳が分からず首を捻《ひね》る緋音嬢ではございましたが、骸惚先生は無理矢理納得《なっとく》させせまして。

「では、それについてはもうお聞きしませンけど、その計画が頓挫《とんざ》してしまったのはどういう訳なンですの？」

「それは武揚氏の行動だ。彼にも和道氏が犯人だと分かっていたのさ。なにしろ、自分が犯人でないことは自分が一番よく知っているのだからね。そして、僕らや前田さんたちが犯人だなど考えるほど愚《おろ》かでもなかった。だから――」

「自分が殺される前に和道さんを殺そうと、そう言うわけですか……」

「だろうね。武揚氏は《離《はな》れ》に向かった和道氏を殺そうと、やはり二階の露台《バルコニー》から外へ出ようとした。そこで――」

「ばったり和道様と遭遇《そうぐう》してしまったンですのネ？……でも、そんなに都合良くいくものですの？」

「そう言われてもね。都合良くいってしまったんだから仕方ないよ。――第一、それほど偶然《ぐうぜん》でもない。武揚氏としては、部屋で和道氏を殺してしまっては、どう考えても自分に一番容疑がかかる。と、すれば、和道氏が《離れ》に行っている間に殺すしかない。そして、玄関《げんかん》には和道氏の命令で前田さんがいる。時間にしても場所にしても、二人が露台《バルコニー》で出会うのは、ほぼ必然と言ってもいいくらいさ」

「それで武揚さんは和道さんを殺してしまったンですか……」

「そうだとは思うが、武揚氏にあの時点で明確な殺意があったかどうかについては、あまり自信がない。露台《バルコニー》で二人が出会った時、混乱《こんらん》の度合いが大きかったのは武揚氏の方だろう。なにせ、突然《とつぜん》、目の前に自分を殺そうとしている――と、自分では思い込んでいる――人物が現《あらわ》れたのだからね。そこで揉み合いくらいにはなった。結果として和道氏は露台《バルコニー》から落ちて死んでしまうわけだが、混乱の末か殺意をもってなのかは分からないよ」

「そう言えば、妾《アタシ》たちが露台《バルコニー》で見つけた瓶《びん》は――？」

「それは和道氏が持っていた毒だろう。僕を殺すためのね。何の毒かは分からないが致死性《ちしせい》の猛毒《もうどく》であることだけは確《たし》かだろうな。露台《バルコニー》で揉み合いにでもなった時に落としたのだろうさ。武揚氏は手摺《てす》りに結んであった縄には気付いて回収したが、小さな瓶には気付かなかったんだろう。暗かったし、無理もないことだと思うよ」

皆《みな》が納得《なっとく》した風なのを見て取ると、骸惚先生紙巻煙草《かみまきたばこ》を――ご自分の紙巻煙草を取り出して。

燐寸《マッチ》を擦《す》って火を点《つ》けて。

「――こうして、日下《くさか》家の四兄弟は互いに殺し合った結果、死に絶《た》えてしまったというわけさ」

その事実を――或《ある》いは《真実》を知らされて、誰もが何かを口にするでもなく。

再び周囲《あたり》は静まり返り。

ふぅっと煙《けむり》を吐《は》く音だけが、やけに大きくその場に響《ひび》き。

「――――」

河上君が口を開いて、何かを言葉にしようとはしましたが、結局、何も言えなくて。

「あの……、骸惚先生？」

周囲を憚《はばか》りながらも、おずおずと言葉を出すのは緋音嬢。

「先程、直明様の自殺の理由は後回しにすると仰《おつしや》ってましたけど、お話し頂《いただ》けまして……？」

小声で疑問《ぎもん》を、それでもしっかと口にして。

骸惚先生、も一度ふうっと煙を吐いて。

「……僕がこれから話すことは、まるっきりの想像《そうぞう》だ。何らの確証《かくしよう》があるわけでもなく、むしろ妄想《もうそう》とすら言っていい。だが、こう考えれば一先《ひとま》ずの納得がいく――」

言葉を止めた骸惚先生、煙の行方《ゆくえ》を目で追って。またもや暫《しば》しの沈黙《ちんもく》が。しかし、それを咎《とが》める者はなく、話を急《せ》かす者もなく。

骸惚先生、煙草を揉《も》み消し、意を決し。

「――直明氏は、現在のこの状況《じようきよう》をほぼ予測《よそく》していたのだと思う。自分の死によってもたらされる結果――即《すなわ》ち、子爵位《ししやくい》を争っての弟たちの争い――それが分かっていたからこそ、敢《あ》えてあんな不可解《ふかかい》な死に方をしたのだ。少なくとも、あの三人の兄弟で直明氏が自殺したなどと考えていた者は一人としていなかっただろう。誰もが《誰かが殺した》と思っていたはずさ。そして、それに便乗しようと思った。犯行をその誰かに押《お》しつけてしまえばいい、とね。更《さら》に言うならば、僕ら――と、言うよりは香月《こうづき》君がこの場にいるのも、決して偶然ではない」

「妾《アタシ》が――？」

「この結末は直明氏にとっても出来すぎの結末だったんだよ。直明氏の考えなら、誰か一人は残るはずだった。他《ほか》の兄弟二人を殺した犯人ということだね。その罪を露見《ろけん》させる役目を香月君は負わされていた、と言うことさ。つまりは《探偵役《たんていやく》》だ」

「そんな――？　まさか!?」

「そう考えられる理由は幾《いく》つかある。直明氏は『變態犯罪《へんたいはんざい》』を読み、《池谷先生の事件《いけやじけん》》の記事を書いたのは香月君だと知ってもいた。殺人事件を調査《ちょうさ》し、推理《すいり》する能力《のうりょく》が備《そな》わっている――いるはずだ、と予測したわけだ。そして、探偵作家が来たことを非常《ひじょう》に喜び、《探偵作家》に《探偵》としての実力があるのかどうかを知りたがった。僕が香月君以上の人材なら、それだけ直明氏の《計画》が成功する可能性は高くなるのだからね」

「では、誤算《ごさん》だった――と言うことになりましたわネ」

フフフと小さく微笑《わら》った緋音嬢。骸惚先生も一つ頷き。

「そうだね。探偵作家が探偵ではないことに気付いていれば――」

「いいえ。そうではありませんワ」

緋音嬢は骸惚先生の言葉をきっぱり否定《ひてい》して。

「直明様の計画でなら、直明様の死は謎《なぞ》の儘《まま》か、もしくはご兄弟の誰かの罪となるはずだったのではありませンの？　骸惚先生は直明様の死の真相まで見抜《みぬ》かれてしまったのですから、骸惚先生は直明様が予想した以上の人材ということですわネ」

骸惚先生は苦笑《くしょう》して。更にその後、自嘲《じちょう》して。

「……だが、何の意味もないことだよ。この状況となってしまってはね。結局、直明氏の《計画》は完遂《かんすい》されてしまったんだ。彼の考えた通り兄弟は死に絶《た》え、子爵位を相続できるものは、唯一《ゆいいつ》、彼の息子《むすこ》だけとなってしまった。彼自身が言っていたように、見事に息子を子爵にしたわけだ」

骸惚先生、目を瞑《つむ》り。天を仰《あお》いで腕《うで》を組み。

「……遣《や》り方には感心できないが、自分の命を賭《と》してまで、子供《こども》に何かを遺《のこ》そうとする。同じ人の親として、その決意には頭が下がるね」

その時、聞こえ始めた啜《すす》り泣き。今度の泣き声、幼《おさな》い声。

つっかえつっかえ、精一杯《せいいっぱい》に溌子嬢。

「いやです……。溌子、何もいりません。いりませんから、……ひッく、お父様《とうさま》、死んだらいやです……うぅ……」

着物の膝《ひざ》をぎゅッと絞《しぼ》って、俯《うつむ》き流した涙《なみだ》がぽたぽたと。

それは、実に幼い考えで。それは、どこか馬鹿《ばか》らしい考えで。ですが、それを嘲笑《わら》うことのできる人間は何処《どこ》にもおりません。河上君なぞ、思わず貰《もら》い泣きしそうになるほどで。

溌子嬢をそっと抱《だ》きしめ澄夫人。頭を撫《な》でつつ温《あたた》かく。

「心配いりませんよ、溌子さん。お父様はみんなが……溌子さんもお父様も、お母様だって、みんな幸せになれる方法を考えつくことができる方なのですから。だから溌子さんも、もっとお父様を信じて差し上げなくてはいけませんよ」

「はい……はい……」

返事はしつつも涙は止《や》まず。澄夫人の胸《むね》に顔を埋《うず》めて泣き続ける澄子嬢でございまして。

そんなご令嬢を見ながら骸惚先生、照れくさいのかしきりに頭を掻《か》きむしり。

「やれやれ——。すべて澄子が代弁《だいべん》してくれてしまったな。直明氏にとっては唯一、残された選択《せんたく》だったのだろうが、やはり、誰かを犠牲《ぎせい》にしての幸福なんて、どこか歪《ゆが》んだ幸福なのだろうね……」

「——平井《ひらい》様」

それまで身動き一つすることもなく、一言どころか物音立てずに直立不動の前田執事《しつじ》が突然《とつぜん》、口を挟《はさ》みまして。

「……なんです？　前田さん？」

「申し上げるべきか迷《まよ》ったのですが……。やはり、平井様にご覧《らん》になって頂くのが一番かと思いまして——」

「僕に……何を？」

「手紙でございます。私《わたくし》は、直明様の手紙をお預《あず》かりしておりまして——」

その言葉に色めき立ったのは、むしろ傍観者《ぼうかんしゃ》たちの方でございまして。

「なンだッて！」

「どういうことよ、それは⁉」

「何故《なぜ》、そんな重要なものを今まで隠《かく》していたンですの⁉」

飛《と》び交《か》う非難《ひなん》の声にも、前田執事は顔色一つ変えることなく……いえ、顔色は変わってはおりましたが、それは非難を受けた責《せい》ではなく、それを出すことを躊躇《ためら》っていたためでございまして。

「いえ、私が直明様から直接《ちょくせつ》お預かりしたわけではなく――兎《と》も角《かく》、これをご覧《らん》頂けますか？」

懐《ふところ》から一通の封書《ふうしょ》を取り出して、恭《うやうや》しくも両手で骸惚先生にお渡しし。

興味津々《きょうみしんしん》の体《てい》で近付いてくる、河上君や涼嬢を煩《うるさ》そうに片手《かたて》で払《はら》いのけた骸惚先生、封書を見た途端《とたん》に眉《まゆ》を顰《ひそ》めて目を細め。

「これ――は？」

「ご覧の……通りでございます。その手紙は、直明様が亡くなられる前日――平井様方が当館にご到着《とうちゃく》された日の朝に、直明様から郵便局《ゆうびんきょく》に出しておくようにと仰《おお》せつかったものでございます。ですが……」

その封書の宛先《あてさき》は、《東京市麴町區《こうじまちく》那須一丁目》となっておりまして。

「私、東京の地理にはさほど詳しくはございませんが、麴町に《那須一丁目》なる地名が存在するとは思えなかったのでございます」

「ええ……。ありませんね、そんな場所は」

「そのことに郵便局で気付きまして、これは直明様が書き間違《まちが》えられたのだろうと思い、その儘《まま》、持ち帰って来たのでございます。ですが、その日はお客様も多く仕事も多かったために、直明様にお伝えすることを、つい失念してしまいました。そして――」

「そして、二度と伝えることはできなくなってしまった。と言うわけですか」

「はい。まったくもって醜態《しゅうたい》の極《きわ》み。己《おのれ》が情《なさ》けのうございます。ですが、今の平井様のお話を伺《うかが》っている内に――」

「あなたの仰りたいことは分かりますよ。直明氏は意図的に偽りの宛名を書いたのではないか、と思ったわけですね？」

「はい。左様《さよう》にございます」

前田執事は頭を下げた儘。骸惚先生は手紙を睨《にら》んだ儘。その儘、時は流れゆき。

誰かに説明しようと思ったのか、もしくは独《ひと》り言の延長だったのか。どちらにせよ、骸惚先生は手紙を睨んだ儘で、口を開いたのでございます。

「間違った宛名を書けば、その手紙は差出人へ戻ってくることとなる。だが、一度、東京の麴町まで運ばれた後、ここへ戻ってくる……つまり、本来ならば二、三日後にこの館《やかた》に配達されたわけか。それを意図したものならば――」

骸惚先生、前田執事に目を向けて。

「前田さん。この封書、開封してしまってもいいですか？」

元よりそのつもりで渡したのでございましょう、一瞬《いっしゅん》の躊躇《ちゅうちょ》もなく頷き返す前田執事でございまして。

「このような事態《じたい》なれば。どうぞ、ご覧になって下さい」

答えを聞くなり骸惚先生、びりりと封書の口を開け。中から手紙を取り出し、読み出して。

骸惚先生の瞳《ひとみ》は上から下へ、右から左へと次々移《うつ》り変わって行きまして。その視線が手紙の端《はし》まで到達した時、骸惚先生は大きな溜息《ためいき》を吐《つ》いたのでございます。

「つくづく……恐《おそ》ろしい人だったのだな。日下直明と言う人は――」

手紙をぱさりとテーブルの上に放《ほう》り投げ、椅子《いす》に体を投げ出して、天井《てんじょう》を見据《みす》えながら頭を掻く骸惚先生でございました。

＊

――此《こ》の手紙が誰《だれ》かに讀《よ》まれる時、私は既《すで》に此世《このよ》には居《ゐ》ないだらう。此《これ》は豫言《よげん》ではなく決意である。私は何者《なにもの》にも因《よ》らず、病魔《びょうま》にさへ因らず、己《おの》が手に因つて此世を去る。餘《よ》命幾何《めいいくばく》もない私が唯一《ゆいいつ》愛息にしてやれる事が此《これ》である。此の手紙を開くのは一體《いったい》、誰だらうか。前田か、咲久子か、其《それ》とも私が名も知らぬ誰かなのであらうか。否《いな》、誰でも良い。手紙が開かれた時、私の弟たちは生きてゐるのか。私は己の死によって弟たちが互《たが》いに爭《あらそ》ふ事を望《のぞ》んでゐる。否、確信《かくしん》してゐる。欲《よく》に目の眩《くら》んだ弟たちは互いに爭《あらそ》ひ合ひ、互いに滅《ほろ》ぼし合ふだらう。さうなれば子爵《ししやく》の位は、私の息子、榮《さかえ》が継《つ》ぐことにならう。其こそが私の望《のぞ》みなのだ。私は血を分《わ》けた弟の死を望《のぞ》んでゐる。鬼畜《きちく》にさへ劣《おと》る所業《しよぎよう》と心得る。吾《わ》が體《からだ》は地獄《じごく》の業火《ごうか》に因つて燒《や》かれることだらう。さうと分《わ》かつてゐながらも爲《な》さねばならぬ事なのだ。若《も》し此《こ》の手紙を讀《よ》む者《もの》が、吾《わ》が所業《しよぎよう》に於《おい》て死する者《もの》の死を悼《いた》み、且《か》つ何者かを憎《にく》まずにゐられぬのだとしたら、私を憎《にく》むべきである。全《すべ》ては吾《われ》が吾《われ》の爲《な》す事の齎《もたら》す歸結《きけつ》を知りつゝも爲《な》したことであるのだから。嗚呼《ああ》、弟たちは死んだだらうか。そして、殘《のこ》つた一人は獄へと囚《とら》はれただらうか。確信しつゝも亦《また》、不安は消《き》へない。今、手紙を讀《よ》む者《もの》が事實《じじつ》を知り、私の考へが淺《あさ》はかであつたと知り得るならば、如何様《いかよう》にも吾を罵《ののし》り嗤《わら》ふが良い。だが、さうとは成《な》らぬ事を望むや切である。尙《なお》、此を公《おおやけ》に明《あ》かす必要《ひつよう》は無い。只、私の爲《な》した事が、私に盡《つ》くし愛して呉《く》れた極少數《ごくしようすう》の人々の禍《わざわい》と成らぬが爲《ため》、敢《あ》えて此處《ここ》に記す。

日下　直明

大正十二年　七月廿八日

名も知らぬ友へ――。

八章　夏《ナツ》、去《サ》リヌ

ミンミンミンミン、蟬《せみ》が鳴き。

じりじりじりりと、蟬が鳴く。

まったくもって煩《うるさ》い声で。まったくもって暑苦しい声で。

結局、閉《と》ざされた山道が通れるようになったのは、骸惚《がいこつ》先生が事件《じけん》の推理《すいり》を行った、翌々日《よくよくじつ》。

ご一行が帰京《ききよう》することができたのは、更《さら》にその翌日で。

勿論《もちろん》、大挙して押《お》し寄《よ》せた警察《けいさつ》の一群《いちぐん》に、事件の説明を求められた故《ゆえ》でございます。

子爵家の者が続け様に四人も死んで、流石《さすが》の官憲、警察も、右も左も喧々囂々《けんけんごうごう》大騒ぎ。わずか一日でそれが済《す》みましたのは、非常《ひじよう》な幸運と言うべきで。

尤《もつと》も、自分の矜持《きようじ》を押しのけて、実家《こうづき》の名を出した緋音嬢《あかねじよう》のお陰《かげ》でもございましょうが。

玄関《げんかん》前で、ぴしり気を付け礼をする前田《まえだ》執事《しつじ》と咲久子《さくこ》嬢に見送られ、夏の日差しが降《ふ》り注がれる山道を登っていったご一行でございます。

河上《かわかみ》君は大荷物。自分に骸惚先生、その上何故《なぜ》か涼《すず》嬢の荷物まで押しつけられて。その涼嬢が潑子《はつこ》嬢の荷物を持ってあげているものですから、文句《もんく》も言えずに、ひぃひぃはぁはぁぜぇぜぇと坂道を登っておりまして。

一行の一番後ろをのろのろと歩いていた河上君は立ち止まり。ふと振《ふ》り返ると、眼下《がんか》に見える洋館は何事もなかったかの様子をして。赤煉瓦《れんが》の体にいっぱいの光を浴びて、まるで気持ちよさそうにしている風《ふう》にすら見えたのであります。

「――河上君。何をしているんだ、置いていくぞ」

河上君の隣《となり》を歩いていた骸惚先生は、彼氏の様子に気付き、声かけて。

「骸惚先生――日下《くさか》家はこの後、どうなるんでしょう？」

「さあね」

にべもない上そっけもなく、あっさり答えた骸惚先生でしたが、顎《あご》に手を当て、洋館を見て。

「――直明《なおあき》氏の思惑《おもわく》通り、彼の息子《むすこ》が爵位《しゃくい》を継《つ》ぐんじゃあないかな。それ以外にあまり道はないだろう」

「その後は……？」

「その後？　分かるわけがない。それこそ僕《ぼく》らが関《かか》わる問題じゃあないのだからね」

「それは、そうなンですが……」

「……気になるかい？」

骸惚先生、チラリ横目で河上君を眺《なが》め見て。

「そりゃァ、そうです。ここまで関《かか》わってしまったンですし……」

「だろうね……」

骸惚先生、腕《うで》を組み。河上君に向き直り。

「なあ、河上君。探偵《たんてい》小説には、事件《じけん》のことしか書かれていない。その、、、、後のことは書かれていないんだ。これは、探偵小説が基本《きほん》的には勧善懲悪《かんぜんちょうあく》の物語だからだ」

「そうなんですか――?」

「そうさ。《悪の犯罪者《はんざいしゃ》が、善《ぜん》の探偵に罪《つみ》を暴《あば》かれ捕《と》らえられて、一件落着。めでたしめでたし》と、こう言うわけさ。その後に犯人がどうなったのか、とか、その後に被害者《ひがいしゃ》の家族がどうなったのか、はたまた犯人の家族がどうなったのか。そんなことは書かれていない。もしかすると、酷《ひど》く残酷《ざんこく》な運命を辿《たど》ったかもしれないのにね。――何故だと思う?」

「そりゃァ、探偵が犯人捕まえた責《せい》で、可哀想《かわいそう》なことになってしまったら、まるで探偵が悪いみたいに見えてしまうからじゃァないですか……?」

自信なさげにポツリと河上君。骸惚先生は一つ頷き微笑《ほほえ》んで。河上君も、どうやら見当違《けんとうちが》いのことを言ったわけではないらしいと、少し安心ホっといたしまして。

「僕もそう思うよ。その多くは八つ当たりや逆恨《さかうら》みに過《す》ぎないとは思うが、やはり、探偵の、、、、、正義は疑われるべきではないんだ。少なくとも、探偵小説の世界ではね。――第一、それじゃあ愉快《ゆかい》でない」

最後に一言付け加え。肩《かた》を竦《すく》めて苦笑い。

「河上君。僕はね、探偵小説は愉快であるべきだと思ってる。犯罪を扱《あつか》わねばならぬからこそ、愉快痛快《ゆかいつうかい》であるべきだと思っている。他人《ひと》はそれを現実的《げんじつ》でないと言うかもしれないが……」

骸惚先生が沈《しず》んだ様子になったものですから、河上君は慌てふためき弁護《べんご》して。

「で、でも！　小生は骸惚先生のお作は大好きですョ！　非常に面白《おもしろ》いと思います！」

真っ赤になって興奮《こうふん》して。そんな彼氏が滑稽《おかし》かったのか、ぷっと吹《ふ》き出し笑顔になった骸惚先生。

「君の意見は参考にはならないよ。なにせ、僕に心酔《しんすい》しているみたいだからね。まあ、それはそれで有り難《がた》いことではあるけれど――」

骸惚先生、首を振《ふ》り。溜息《ためいき》一つ吐《つ》きまして。瞳《ひとみ》を再《ふたた》び館へ向けて。

「やはりね、君が考えてしまった通り、現実でこんな事件があれば、《その後》が気になってしまうのは仕方《しかた》がないことさ。そして、《その後》が安楽ではなかろうとも思ってしまう。我々《われわれ》は、現実は残酷だと知ってしまっているからね。――だからこそ、僕は探偵小説を書くんだ」

骸惚先生、眉を顰《ひそ》めて悩ましげ。吐息を吐《は》いて寂しげに。

「《現実は儘《まま》ならない》とはよく言ったものさ。確かに現実が思い通りになるなんて滅多《めった》にあることじゃあないからね。今回の事件だってそうだ。我々がどう願おうと、残された日下家の人々には安楽ならざる人生が待っているに違いないさ。だがね、現実がそうだからと言って、小説の中まで人物に過酷な人生を強要せねばならん理由はない。いや、むしろ小説の中だからこそ、人々に安穏とした人生を送らせてもいいのじゃあないだろうか」

体ごと向き変えて、ロイド眼鏡《めがね》の奥《おく》から鋭《するど》い視線《しせん》を河上君に向けまして。恰《あたか》も何か、重大な宣言《せんげん》でもするかの調子で。

「現実が儘ならないからこそ、探偵小説は儘なっても、いい。——これが僕の考えさ」

骸惚先生は河上君の肩をポンとひと叩《たた》き。どこか肩を落としながら山道の登攀《とうはん》を再開《さいかい》したのでございます。

河上君は暫《しばら》く呆然《ぼうぜん》として、骸惚先生の後ろ姿《すがた》を眺め続けました。

今まで、河上君にとって、骸惚先生は《神》だったのでございます。最高の——少なくとも、河上君にとっては最高の探偵作家であり、複雑怪奇《ふくざつかいき》な謎《なぞ》もたちどころに解《と》きほぐしてしまう知《ち》性《せい》と頭脳《ずのう》の持ち主で。何か、すべてを超越《ちょうえつ》した存在《そんざい》のように思えていたのでございます。

ですが、やはり当然ながら、骸惚先生も一人の人間。様々な悩《なや》みと多くの矛盾《むじゅん》を抱《かか》えた人間だったわけで。

そのことに失望はなく。むしろ、より大きな感銘《かんめい》を受けたと言ってもよいでしょう。

すると、河上君としては、暫く呆然とするしかなかったわけでして。

ミンミンじりりと大合唱する蟬《せみ》の声もどこか虚《うつ》ろに聞こえだし。

骸惚先生の背中《せなか》が陽炎《かげろう》のように揺《ゆ》らめき始めた、そんな時。

「骸惚先生《せんせ》ェ！　骸惚先生ェ〜！」

河上君は師《し》の背中を追って駆《か》け出して。

追いついた時には、汗《あせ》でびっしょり荒《あら》い息。

キョトンと自分を見つめる骸惚先生を見上げて、息を整えニッコリ笑《え》みを向けまして。

「まだ、分からないじゃァないですか、骸惚先生。日下家の人々がこの先どんな人生を歩むのかなんて誰にも分からないンです。ひょッとしたら、安穏な生活を送ることだって有り得るンですから。《現実は儘ならない》ッて確かによく言いますけど、絶対そうだと決まってるわけじゃァないでしょう？　もしかすると——現実だって儘なるかもしれませんョ！」

言われて、唖然《あぜん》としていた骸惚先生ではございましたが、次第《しだい》に顔が綻《ほころ》んで。吹《ふ》き出し、笑顔も大きくなって。終《しま》いには大きな、それは大きな笑い声をあげたのでございます。

「はははははは……。これは一本とられたな。確かに君の言う通り、現実だって儘なるかもしれないね。あはははははは……」

骸惚先生の笑顔に河上君も嬉《うれ》しくなって。一緒《いっしょ》に哄笑《こうしょう》あげまして。

その後暫く、二人の師弟《してい》の笑い声が山間《やまあい》に谺《こだま》したのでございました。

＊

山道を抜《ぬ》けて、少し大きな道へ出て。

そこには香月ご自慢《じまん》、黒塗《くろぬ》りフォードが二台停車。

骸惚先生と河上君がご婦人方《ふじんがた》に少し遅《おく》れて到着《とうちゃく》した時、なにやらご婦人方は少し揉《も》めてる風《ふう》。

いえ、揉めているとは申しても、口論《こうろん》などとは違う様子で。

澄夫人や緋音嬢などは、クスクスクスクス笑み浮かべ。涼嬢お一人真っ赤になって。

「……なんだい？　何を揉めているんだい？」

話の輪に入《い》る骸惚先生、皆を見回し問いかけて。

「もめっ――!?　も……揉めてなんていないわよ」

問われた涼嬢、態《わざ》とらしい笑顔なんぞを浮かべては。どうも言い訳《わけ》めいたことをなにやら口にしようとした、その瞬間《しゅんかん》に。澄夫人が含《ふく》み笑いをとめようともせず。

「いえね。涼さんが帰りのお車は河上さんと同じ方がいい、と言い出しましたの」

笑いに紛《まぎ》れてその答え。涼嬢は更《さら》に頰《ほお》を赤く染《そ》め。

「ち、違う！　違うのよ！」

両手を振って、アワアワと。《違う違う》と連呼《れんこ》していた涼嬢ではございましたが、急に河上君を睨《にら》み付け。

「違うんだからねっ！」

と一喝《いっかつ》し。された方としては、青天の霹靂《へきれき》とでも申しますか、喧嘩《けんか》見物に来ていた野次馬《やじうま》が突然殴《とつぜんなぐ》り付けられたような心持ちでございまして。

（……なんで、小生が怒鳴《どな》られなきゃならないンだ？）

　そう、目を丸くするしかないわけで。

「——わっ、わたしはただ、父様《とうさま》は煙草《たばこ》を吸《す》う量が半端《はんぱ》じゃないから、ずっと同じ車の中にいるのは、緋音さんが可哀想《かわいそう》だわって言っただけじゃない！」

　必死で抗議《こうぎ》の涼嬢で。気の抜けた表情《かお》でそれを見ていた河上君は。

「あのサ……それッて、小生は可哀想じゃァないの？」

「あンたはいいのよ！」

「……なんで？」

「なんでもっ！」

「はァ……そうですか」

　なんとなく納得《なっとく》してしまった河上君。

　オドオドしながら様子を見守っていた潑子《はっこ》嬢が口を挟《はさ》んだのはそんな時。

「潑子も……兄様《あにさま》と同じお車がいいです……」

　言った途端《とたん》に頬染めて。両手で覆《おお》って顔隠《かく》し。

「アラアラ。大人気ですわネ、河上サンは」

　笑いが止《や》まぬ緋音嬢。名案が浮かんだとばかりに指を一本、ピンと立て。

「それでしたら、妾《アタシ》と奥様とで骸惚先生と同じ車に乗りますから、涼サンと潑子サンは河上サンとご一緒でよろしくッてョ？」

案を聞いた涼嬢は、ほんの一瞬《いっしゅん》パっと顔を明るくし。ところが瞬時に首振って。

「駄目《だめ》駄目、駄目ですよ、それじゃ。結局、緋音さんが父様と同じ車になっちゃうじゃないですか」

「アラ。妾《アタシ》は別に構《かま》いませんわョ？」

「でも、それじゃ……」

「……ところで、小生の意志《いし》を問題にはしないのかい？」

「なによっ！　わたしや潑子と一緒なのが嫌《いや》だって言うの⁉」

「そんなことは、一言も言ってないじゃァないか……」

「潑子、兄様とご一緒がいいですぅ……」

「うおあああああっ！　潑子ちゃん泣かないで！」

「ほら見なさい！　あンたの責《せい》だからね！」

「ちょッと待ってョ！　どっちかッて言えば涼さんの責じゃァないのか⁉」

「なんですってぇ！　そもそもあンたが――」

そんなこんなで延々《えんえん》と。ナンダカンダでとりとめもなく。

口論を続けるお嬢様方《じょうさまがた》や河上君を、一歩引いた場所で面白《おもしろ》くもなさそうな表情《かお》をして眺《なが》めていた骸惚先生。隣《となり》に立った、澄夫人に目を向けて。

「……僕がないがしろにされている気がするんだが、気のせいかな？」

「気のせいですとも。――それに、娘《むすめ》にとっての父親なんて、こんなものですわ」

「こんなものなのかい？　……それは、なんだか寂《さび》しいねぇ」

苦笑《くしよう》を浮《う》かべる骸惚先生に澄夫人はそっと近付いて。

「――京太郎《きようたろう》さん？」

「……？　なんだい？」

澄夫人は爪先《つまさき》立って。小声で小さく耳元で。

「……そうお思いでしたら、今からでも遅《おそ》くはありませんから、息子《むすこ》をお作りになったらいかがですか？」

耳にした言葉が嬉《うれ》しいのか不愉快《ふゆかい》なのか。骸惚先生の浮かべた表情は、眉《まゆ》を顰《ひそ》めて目を細め、澄夫人を睨《にら》み付けるも口元は笑っていると言う、何ともはや複雑な顔付きでございまして。

「……お前ね。そういうことを子供《こども》のいる前で言うものじゃあないよ。それに、息子は――」

骸惚先生、ずれたロイド眼鏡を指で直して。

「――河上君一人で充分《じゆうぶん》だよ」

未《いま》だにじゃれあう涼嬢と河上君を温《あたた》かな視線で眺めながら、そう言った骸惚先生でございました。

終章

なるほど。

と言うのが、話し終えた時の私の感想だった。

あの人に対しての感想だ。話を終えると、すぐに眠《ねむ》ってしまうあ、い、の人に対しての。話すと言うのは疲《つか》れることなのだ。それも、長時間に亘《わた》って話し続けるのだから、それは眠りたくもなろうと言うものだ。

それでも、どこか心地《ここち》よい疲れ。

私は大きく息を吐《は》くと、椅子《いす》に寄《よ》りかかった。

ドリンクのカップに入っていた氷はすっかりと解《と》けきっている。

ふと、周りを見渡《みわた》すと、いつの間にか店内はごった返していた。そのほとんどが学生服姿《すがた》の男女で、みんなそれぞれに談笑《だんしょう》している。

こんなところで《死んだ》の《殺した》のと言った話をしているのは、私たちだけだろうなと思うと、可笑《おか》しくもあったし、少しだけ情《なさ》けなくもあった。

「――ご苦労さん」

コイツはまるで私の考えを見透《みす》かしてでもいるかのような瞳《ひとみ》で、そんなことを言う。態《わざ》とらしく拍手《はくしゅ》までして。

「いつものことながら、見てきたような嘘《うそ》と言う気もするね」

そんな言われ方をされてしまうと、私が——と言うよりもあの人が嘘を吐《つ》いていると言われた気になって、やはり頭にきてしまう。信用しないのかと問うと、

「そう言うわけじゃあない。けど、証拠《しょうこ》があるわけでもないし、そもそも八十年も前のことなんて実感が湧《わ》くわけもない。——仕方《しかた》がないだろう？」

おどけた調子でコイツは言う。私の反論を待っているのだ、とは分かってはいたが、ついつい誘《さそ》いに乗って、証拠ならあると言ってしまう。

——そう、証拠ならあるのだ。

自慢《じまん》ではないが、私だって結構疑り深《けっこううたぐ》い性格《せいかく》だ。

あの人の言葉を疑うわけではなかったが、どうしても確認《かくにん》がしたくって、大きな図書館まで行き、当時の新聞を調べたことだってある。

私の調査《ちょうさ》が甘《あま》かったのか、それとも当時から大騒ぎにはならなかったのか、それほどの扱《あつか》いを受けてはいなかったが、ちゃんと新聞にも載《の》っていた。

『日下子爵家《くさかししゃくけ》の骨肉《こつにく》の争ひ』

そう題された、大きくもない記事だった。

記されていたのは、爵位を巡《めぐ》って日下家の兄弟が争い四人とも死に絶《た》え、結局、長男・直明《なおあき》の息子《むすこ》・榮《さかえ》が子爵位を襲爵《しゅうしゃく》することになるだろう、と言うことだけだった。

「――で、それを平井骸惚《ひらいがいこつ》という人が解決《かいけつ》したって書いてあったわけかい?」

コイツにそう切り返されて、私は口籠《くちご》もってしまう。

つくづく憎《にく》ったらしいやつだ。

確かに、そこに《平井骸惚》の名はない。勿論《もちろん》、《河上太一《かわかみたいち》》だってないし、《香月緋音《こうづきあかね》》すらない。

それでも私はこう思っている。きっと、あの人もそう思っているだろう。

私がそれを言ってやろうとするよりも早く、コイツが口を開いた。

「でもまあ、やっぱりいたのだろうね、そこに。つまりは――」

一度言葉を止めたコイツの次の言葉を聞いて、私は驚《おどろ》いてしまった。私が思っていたこととまったく同じことだったのだ。

私はこう思っている。きっと、あの人もそう思っているだろう。コイツだってそう思っていたのだ。

――平井《ヒライ》骸惚《ガイコツ》此中《コノナカ》ニ有《ア》リ

〈了〉

終ヘテ記ス

最後の字。終えて記して一息吐《は》いて。

胸を撫《な》で下《お》ろしたのも束《つか》の間《ま》で。続き綴《つづ》るは「終ヘテ記ス《あとがき》」で。

これでナカナカ大仕事。苦心惨憺《くしんさんたん》、艱難辛苦《かんなんしんく》。

いつしか慣《な》れが解決するのか、然《さ》りとて二度目じゃそうもいかずに。

頭を抱えてどうにも格好《かっこう》のつかないのが、当方、筆者《ひっしゃ》の田代裕彦にございます。

――と、言うわけで田代裕彦《たしろひろひこ》です。

おかげを持ちまして、『平井《ひらい》骸惚此中《がいこつこのなか》ニ有《あ》リ　其弐《そのに》』をお届けすることができました。

『其二』『其弐』『其貳』といろいろ悩んだのですが、結局『其貳』とさせて頂きました（あえて付けるのならば、前作は『其壹《ソノイチ》』となりますか）。

サテ、今回はホテルです。洋館です。さらには露天風呂《ろてんぶろ》です。

今回、私には自分で書いておきながら、首を捻《ひね》らざるをえない点があります。

なんで、露天風呂が出てくるのに入浴シーンがないんだろう……？

もし、期待された方がいらっしゃったら、謝《あやま》ります。申し訳ありません。

ところで、前回のあとがきで私は、時代考証について「知りつつ無視《むし》している点が幾《いく》つか」

「知らずにやっているのは、おそらく多数」と書きました。

これを少しでも減《へ》らせればいいな、と思っていたのですが……。

増えましたね。ええ、増えましたとも。そうだよ、増えたんだよ、ちきしょー！

……と、開き直ってしまうのもマズいので、もし次でもあるようならば、少しでも減らせる方向で頑張りたいと思います。

今回、チョイトあとがきの枚数が少ないので、最後に駆《か》け足《あし》で謝辞《しゃじ》を。

いつも痛いところをつく……もとい、的確な指示《しじ》を出して頂いている、編集長様、担当様。

美しいイラストを描いて下さった睦月《むつき》ムンク様。

批評、アドバイス、さらにウサ晴らしにまで付き合って下さる、舞阪洸《まいさかこう》先生、時海結以《ときうみゆい》先生を始め多くの先輩作家の皆様。

母校講師の先生方。学友たち（ミヤモリくん、ヒデマサくん、アマノくん、また熱く語り合いましょう）、古カメラ部の皆様。及び、同期の桜、壱乗寺《いちじょうじ》かるた先生。

そして、この本を手にとって下さったすべての皆様。

本当に有《あ》り難《がと》うございました。

大正九十三年　三月　田代裕彦

《参考文献》
本稿執筆にあたり、左記の文献を参照、または引用させて頂きました。記して、感謝申し上げます。

「新聞記録集成　大正大事件史」石田文四郎編　錦正社刊
「華族誕生」浅見雅男著　中公文庫
「乱歩と東京」松山巌著　ちくま文芸文庫
「毒殺は完全犯罪をめざす」和田はつ子著　三一新書
「古地図ライブラリー別冊　古地図・現代図で歩く　明治大正東京散歩」人文社発行
「図説　東京流行生活」江戸東京博物館　河出書房新社発行